HORST ENGEL

POST VOM SOUVERÄN

für

Leyla und Rayyan

Danke

..für die aufmunternden Worte, E-Mails, „Daumen hoch" und persönlichen Kommentare auf Facebook:

Peter K ∘ Sinan ∘ Sigrid ∘ Magdalena ∘ Ariela ∘ Mara ∘ Heinz ∘ Fabian ∘ Ulrich ∘ Gerhard ∘ Gumbrid ∘ Thomas ∘ Bernd ∘ Sigrun ∘ Markus ∘ Marita ∘ Martin ∘ Dani Lu ∘ Désirée ∘ Ivonne ∘ Gaby ∘ Sonja ∘ Ralf P ∘ Bärbel ∘ Beate ∘ Kuno ∘ Ind Ra ∘ Christa B ∘ Peter B ∘ Volker M ∘ Uwe ∘ André ∘ Su Ro ∘ Marcus ∘ Volker S ∘ Hans Martin ∘ Christa D ∘ Henning ∘ Frank K ∘ Heinz Werner ∘ Roswitha ∘ Ralf S

Besonderer Dank

an Dame D, für das unermüdliches Gegenlesen und Ihre kritische, aber wohlwollende Begleitung.

HORST ENGEL

POST VOM SOUVERÄN

Kommunikation mit der Kanzlerin

FSC
www.fsc.org
MIX
Papier aus ver-
antwortungsvollen
Quellen
Paper from
responsible sources
FSC® C105338

1. Auflage Mai 2018
2. Auflage August 2019
© 2019 Horst Engel
ISBN: 978-3-7481-4152-5
Layout | Satz: Poppo Schultheiß
Umschlaggestaltung: blaupaus Dornhege
Umschlagmotiv: Leyla
Umschlagrückseite: Rayyan
Herstellung und Verlag: BoD – Books on Demand,
Norderstedt

Inhalt

Als »Souverän« bezeichnet man den unumschränkten Herrscher eines Landes. Früher waren das Kaiser und Könige. In den modernen Demokratien ist es das Volk, von dem alle Macht ausgeht.

Deshalb heißt es bei uns nach Wahlen, wenn eine neue Regierung gewählt wurde: Der Souverän hat entschieden.

Vorwort zur zweiten Auflage

Für die zweite Auflage gibt es mindestens drei Gründe. Angela Merkel hat, wie in der ersten Auflage erwähnt, bis heute noch immer nicht antworten lassen. Null Reaktionen auf achtundsechzig Facebook-Posts, keine Antwort auf ebenso viele E-Mails mit gleichem Inhalt. Das Buch *Post vom Souverän* hatte ich Ihr als kleines Geschenk zukommen lassen. Kein Dankeschön, keine Rücksendung, keine Eingangsbestätigung ihrer Poststelle. Nichts. Möglich, dass es auf der nach oben offenen Despektierlichkeitsskala einen vorderen Rang einnahm. Vielleicht wurde das Büchlein als extrem gefährlich eingestuft oder auf einem abgelegenen Truppengelände gesprengt..

Um auf meine kleine Lehrstunde in Sachen praktischer Politik mit gesundem Menschenverstand aufmerksam zu machen, hatte ich E-Mails an alle Bundes- und Landtagsabgeordnete sowie an hundert EU-Parlamentarier geschickt. Die Mail erreichte zweitausendzweihundertfünfundfünfzig Politikerinnen und Politiker.
Es gab Reaktionen! Von „Wunderbar" mit zehn Ausrufezeichen bis zum Satz: „Hiermit entziehen wir Ihnen die Erlaubnis, E-Mails an ein Mitglied des Thüringer Landtages zu schicken." Aus Sachsen wurde angemerkt, dass die Briefe nicht nachvollziehbar seien, zudem die Ebenen durchmischend wären und man mein Buch auch nicht kaufen werde. Außerdem kenne man mich nicht, der Bauch diene dem Verdauen und das Denken solle man dem Kopf überlassen.

Aus Hessen wurde ich belehrt, dass ich mich mit meinem Anliegen doch bitteschön an meinen örtlichen Abgeordneten wenden möge, der sei ja schließlich für mich „zuständig". Die Linke des Bundestages ließ sich nicht lumpen und bestätigte mir wenigstens den Eingang der Mail. Die Grünen in Schleswig-Holstein fanden, dass es sich gehört, zu antworten und teilten meine Auffassung, dass mehr für Bildung und weniger für Rüstung ausgegeben werden solle. Eine Landtagsabgeordnete aus Sachsen wünschte mir, dass ich meinen Humor in Zeiten wie diesen behalten solle und ich mich bitte medial weiter einbringen möge. Außerdem erwähnte Sie, dass ich in dem Buch viel Wahres anspräche, sie an der einen oder anderen Stelle lachen musste, manchmal sei ihr selbiges auch im Halse stecken geblieben. Ein Politikwissenschaftler der Grünen in Berlin versicherte mir, dass der Souverän noch nie so stark wäre wie heute. Er, der Souverän, könne in Nullkommanix einen Shitstorm generieren. Vieles erführe man als Parlamentarier selbst auch erst aus der Presse und endete dann mit der Feststellung, dass die Demokratie schon Probleme hätte, die aber woanders lägen. Wo genau, wollte er nicht verraten.

Absolutes Highlight der Rückmeldungen kam von einem Parlamentarischen Staatssekretär aus Berlin. Er hatte sich in einem Brief an seine sehr geehrte Frau Vorsitzende, Frau Dr. Angela Merkel, mit der Frage gewendet, ob es sein könne, dass ein Herr Horst Engel achtundsechzig Briefe an die Bundeskanzlerin geschickt hätte?! Er fügte hinzu, dass man den Austausch mit Bürgerinnen und Bürgern als wichtig erachte und diese teilweise die parlamentarische Arbeit bereichern würden.

Offenbar hatten sich mehrere Land- und Bundestagsabgeordnete mit dem Fall beschäftigt. Die Antwort hätte den Kommunikations-Nobelpreis verdient: Es sei nur ein Brief eingegangen, man sei verwundert über die große Differenz zu den achtundsechzig Briefen und außerdem sei fraglich, ob ich hinterher telefoniert hätte um nachzufragen, ob meine Post angekommen sei.

Das war natürlich mit nichts zu entschuldigen und ich mache mir bis heute schwere Vorwürfe, dass ich nicht achtundsechzig Mal in Berlin angerufen habe und mich erkundigt habe, ob der Briefträger schon da war.

Hier nun meine offizielle Stellungnahme und Empfehlung: Wenn achtundsechzig Briefe und E-Mails plus ein Buch als Geschenk für die Bundeskanzlerin mit dem Titel *Post vom Souverän | Kommunikation mit der Kanzlerin* es nicht bis in die Poststelle nach Berlin schaffen, beziehungsweise unter den Tisch fallen, dann rate ich dazu, alle Poststellen die infrage kommen, dringend einer Grundreinigung zu unterziehen. Weil dafür vermutlich einige Planstellen neu eingerichtet werden müssten, reicht für den Anfang eine grobe Power-Staubsaugung.

Der zweite Grund für die aktualisierte Auflage liegt in den Antworten, die ich erhielt, bzw. nicht erhielt. Deshalb sehe ich für uns alle, auf die die Politik herabtropft, *schwarz.* Folglich wurde das Buchcover farblich angepasst.

Drittens: Die zweite Auflage schließt mit einem fiktiven Brief der Bundeskanzlerin an mich, ihrem Souverän und meiner frei erfundenen Antwort darauf.

Achtung! Hinweis für alle weltfremden Abgeordneten, Parlamentarier und Staatssekretäre: Der frei erfundene Brief an Frau Merkel wurde nie abgeschickt. Bitte nicht in der Poststelle alles auf den Kopf stellen – nur durchfegen!

Lünen, im August 2019

Einleitung

Im August 2017 läutete die Politik die heiße Phase des Wahlkampfes ein und ich fand, dass dies der beste Zeitpunkt sei, endlich einmal die ewige Kanzlerin persönlich zu beraten. Bis zur Bildung der neuen Regierung wollte ich ihr persönlicher Ratgeber sein. Vermutlich müsste ich bis Ende Oktober 2017 an ihrer Seite stehen. Spätestens dann wäre die neue Regierung im Amt und meine Mission beendet, glaubte ich. Bis dahin hatte ich mir selbst eine Urlaubssperre auferlegt.

Damit sie mich ernst nimmt, hatte ich mir den Mantel des Souveräns übergeworfen. Die Amtstracht des Volkes. Daran kommt niemand vorbei, auch die Kanzlerin nicht, so meine naive Vorstellung.

Taktisch fühlte ich mich gut aufgestellt. Von drei Seiten würde ich sie kommunikativ umzingeln: mit elektronischer Post, via Facebook und der guten alten Briefpost. Drei-Wege -Kommunikation.

Am 15. August 2017 um 14:24 Uhr fiel via Facebook der Startschuss. Mit zwei Ratschlägen empfahl ich mich als Politikberater ihrer Majestät. Erstens: Das Ziel, zwei Prozent für das Militär auszugeben, wird fallengelassen und zweitens: Das Budget für mehr Bildung wird drastisch erhöht. Ich war sicher, dass es für diese Vorschläge in der Bevölkerung eine breite Mehrheit gab.
Fünfundvierzig Sekunden später erhielt sie den Text zusätzlich als E-Mail. Die standardisierte Antwort folgte auf dem Fuße: Vielen Dank! Wir haben ihre Nachricht erhalten.
Am gleichen Tag später schickte ich der Bundeskanzlerin die Zeilen auch per Brief.

Auf ihre Reaktion war ich sehr gespannt. Wenigstens eine Eingangsbestätigung hatte ich erwartet. Es kam anders. Es kam nichts. Ich erhöhte die Schlagzahl meiner kostenlosen Nachhilfe, tadelte, schimpfte, und lud sie, samt ihrer Entourage, sogar zu mir nach Hause ein, legte ihr den Rücktritt nahe, wünschte ein frohes neues Jahr, schlug Entlassungen von Ministern vor – nichts!

Nach achtundsechzig Briefen, Posts und E-Mails habe ich die weiße Flagge gehisst. Die Kapitulation des Souveräns. Am 16. März 2018 um 12:45 Uhr war es vorbei. Der letzte Postausgang.

Kein Sterbenswörtchen an mich, ihrem Souverän.   Dabei waren alle meine Ratschläge ernst gemeint. Bis heute habe ich keine Antwort erhalten. Immer wieder wird von der Politik gefordert, dass man sich einbringen solle. Tut man es dann, wird man nicht nur nicht ernst genommen, man wird noch nicht einmal wahrgenommen. Tolle Aussichten für unsere Demokratie.

Ich bin zu dem Schluss gelangt, dass es mit ihrer DDR-Herkunft zu tun haben muss. Wenn man in der Rush Hour des Lebens den Wechsel von der Diktatur zur Demokratie erlebt und gestalten muss, ist das mehr als ein Paradigmenwechsel. Das blieb nicht ohne Folgen.

Lünen, im April 2018

Im Wahlkampf-Modus

Ich bin der Souverän

Sehr geehrte Frau Bundeskanzlerin,

wie zu hören ist, sind Sie jetzt im Wahlkampf angekommen. Ich mache mit, Frau Bundeskanzlerin. Von mir als Souverän erhalten Sie wertvolle Ratschläge. Gewissermaßen en passant. Mehr Kompetenz, als ich sie verkörpere, bekommen sie nicht.

Damit Sie wissen, mit wem Sie es an der Außenlinie zu tun haben: Ich bin der Souverän und verfüge über ein hohes Maß am basisdemokratischen Grundverständnis. Ich bin das Volk. Ist Ihnen das etwa fremd, Frau Merkel? Sie waren doch auch mal das Volk. Meine Befürchtung ist, dass Ihnen dasselbe ein wenig abhanden gekommen ist. Deshalb gebe ich Ihnen heute zwei Ratschläge mit auf den Weg, die Sie, stellvertretend für mich, dem Souverän, auf Ihren nächsten Veranstaltungen den Menschen vortragen. Ich garantiere Ihnen schon heute ein hohes Maß an Zustimmung.

Erstens: Das Ziel, zwei Prozent des Bruttoinlandsproduktes (BIP) für Militärausgaben zu verwenden, wird fallen gelassen. Die 20, 30 oder 50 Milliarden, die das zusätzlich kostet, setzen Sie für sinnvollere Vorhaben ein. Sie begründen das bitte wie folgt: "Wir nutzen das Geld dafür, den armen Ländern in der Welt zu helfen und stocken den Etat für unsere Bildungsaufgaben erheblich auf." Wenn das als Argumentation nicht reicht, sagen Sie einfach: "Wenn dieses politische Trumpeltier aus den USA einfach so mir nichts, dir nichts aus dem Pariser Klimaschutzabkommen aussteigt, fühle ich mich als Bundeskanzlerin auch nicht mehr an NATO-Absprachen gebunden." Wenn das immer noch nicht reicht, schieben Sie ein Zitat eines Ihrer Vorgänger nach, der meinte: "Was interessiert mich mein Geschwätz von gestern."

Zweitens: Bildungsausgaben. Bei der Recherche bin ich auf ca. 5,3 Prozent des BIP gekommen, weit unter dem OECD-Schnitt. „Liegt nicht in der Bildung der Schlüssel für die Zukunft, oder etwa bei noch mehr Panzern, Frau Merkel?"

Ich habe einen kleinen Blick auf die föderierten Staaten von Mikronesien geworfen. Ein demokratischer Bundesstaat. Die haben schon vor 15 Jahren 7,3 Prozent des Staatshaushaltes für Bildung ausgegeben. Und fürs Militär? Null Dollar. Militär haben die gar nicht. Ich weiß, das kann man kann nicht vergleichen, sagen Sie sicherlich. Vielleicht sprechen Sie aber doch noch einmal mit der Verteidigungsministerin. Ein Prozent vom BIP reichen doch aus. Uns will doch kein Staat der Welt angreifen, oder kennen Sie auch nur ein Land, das uns überfallen will, Frau Merkel? Sehen Sie – ich auch nicht.

Diese zwei Ratschläge bringen Sie bitte unters Volk. Vielen Dank. Es ist durchaus möglich, dass ich mich in der Wahlkampfphase nochmals einschalte, falls erforderlich.

Für heute verbleibe ich

mit freundlichen Grüßen

Ihr Souverän

Was ist Bildung?

Sehr geehrte Frau Bundeskanzlerin,

sie erinnern sich? Als Souverän bin ich gewissermaßen der Inhaber Deutschlands, wenn auch nur der 82-millionste Teil. Sie sind von mir als Geschäftsführerin eingesetzt worden. Meine Erwartungen haben Sie bei Weitem nicht erfüllt. Deshalb fühle ich mich berufen, Ihnen zu erklären, was Sie als allererstes zu tun haben. Ich tue das sehr ungern. Es geht um Bildungspolitik! Ja, ich weiß, es ist Ländersache. Wie lange eigentlich noch? Es gibt nicht wenige, die den Föderalismus in der Bildungspolitik kritisieren. Ich gehöre auch dazu. Viele Köche verderben den Brei.

Was hindert Sie eigentlich daran, einen Bildungs-Gipfel einzuberufen? Kann doch nur besser werden, nachdem der Diesel-Gipfel grandios gefloppt ist. Sprechen Sie auf der Kultusministerkonferenz oder laden Sie die Länderminister nach Berlin ein. Runder Tisch – und dann sollen die mal erklären, wo der Schuh drückt. Sie wissen natürlich genauso gut wie ich, was die sagen werden: zu wenig Personal, Schulgebäude sind teilweise in einem erbärmlichen Zustand, usw. Ist es eigentlich gesetzlich verboten, dass der Bund die Länder zusätzlich finanziell unterstützt? Nicht nur dieser Kleckerkram?
Daniel Goeudevert meint dazu, dass Bildung ein aktiver, komplexer und nie abgeschlossener Prozess sei, in dessen glücklichem Verlauf eine selbstständige und selbsttätige, problemlösungsfähige und lebenstüchtige Persönlichkeit

entstehen kann. Dem werden Sie sicher zustimmen, Frau Merkel. Daraus folgt für Sie: Bildungspolitik stärken – jetzt! Wir brauchen ein Software-Update (mehr und besseres Personal) und bessere Hardwarelösungen (z. B. Schulgebäude sanieren). Die Kinder sind doch unsere Zukunft! Warum tun Sie dann nichts Spürbares?

Deutschland muss nicht viertgrößter Waffenexporteur der Welt bleiben. Schreiben Sie sich bitte auf ihre To-Do-Liste für morgen: Bildungspolitik aktiv angehen und nehmen Sie die Kultusminister mit in Kopie. Mehr nicht. Meine Unterstützung haben Sie.

Mit freundlichen Grüßen

Ihr Souverän

PS: Halten Sie sich bitte von Wahlveranstaltungen fern. Dafür haben Sie keine Zeit, Sie müssen regieren!

PPS: Heute früh habe ich in der Zeitung gelesen, dass Sie Kartoffeln mit dem Kartoffelstampfer stampfen, und nicht mit dem Pürierstab pürieren. Das gefällt mir, Frau Merkel. So sollten Sie auch Politik machen. Von Hand, aus dem Bauch heraus, mehr Gefühl wagen.

Sanktionen gegen Russland

Sehr geehrte Frau Bundeskanzlerin,

Militärausgaben kürzen und Bildung stärken. Das waren die zwei Kernpunkte meiner beiden Facebook-Posts und Briefe an Sie. Zur Erinnerung: Ich schreibe an Sie als Souverän.
Heute möchte ich einen weiteren Punkt durch Sie geklärt haben. Die unter anderem von der EU festgestellte, völkerrechtswidrige Annexion der Krim 2014 durch Russland. Als Strafmaßnahme wird Russland bis zum heutigen Tag mit Sanktionen belegt. Erfolg dieser Maßnahme – Null. Machen Sie Ihren Einfluss in der EU geltend und votieren für ein Ende dieser unsäglichen Politik, die wirtschafts- und arbeitsmarktpolitisch völlig untauglich ist.

Außerdem: Wir in Deutschland haben uns doch wohl alles andere als einen einwandfreien Leumund bei der Einhaltung von Völkerrechten erworben. Ihr Vorgänger im Amt, Gerhard Schröder höchstpersönlich, hat Wladimir Putin sogar als lupenreinen Demokraten bezeichnet.

Um wirklich beurteilen zu können, ob es gerechtfertigt ist, Russland völkerrechtswidriges Verhalten vorzuwerfen, sollte man in der Geschichte Russlands mindestens Hundert Jahre zurückblättern. Käme man dann nicht vielleicht zu anderen Schlüssen?

Machen Sie bitte das, was Sie so gerne tun, Frau Merkel: Denken Sie nochmals neu nach, tragen Sie Ihren Teil dazu bei, dass die EU ihre Sanktionen beendet und kehren Sie zu einer entspannten und vor allem konstruktiven Politik mit Russland zurück.

Mit freundlichen Grüßen

Ihr Souverän

Ehrlich zählt am längsten

Sehr geehrte Frau Bundeskanzlerin,

so kurz vor der Wahl muss ich mich als Souverän erneut an Sie wenden. Es geht um die Arbeitslosenzahlen. Jetzt lassen Sie über die Bundesagentur für Arbeit (BA) vermelden, dass 2,5 Millionen Menschen arbeitslos sind. Hartz-IV-Bezieher über achtundfünfzig Jahre zählen Sie gar nicht mit, obwohl die bis zur Regelaltersrente noch mindestens sieben Jahre vor sich haben.

Das ist doch reine Schönfärberei, Frau Merkel. Weiter gibt es sogenannte Unterbeschäftigte, auch *Stille Reserve* genannt, die Sie in der Statistik ebenso unberücksichtigt lassen. Das Heer der Menschen, die in Arbeitsbeschaffungsmaßnahmen stecken, Ein-Euro-Jobber, Leute, die zum Zeitpunkt der Erhebung krank sind, werden herausgerechnet. Weiterbildungsmaßnahmen, Sprach- und Integrationskurse, Bewerbungstrainings, private Arbeitsvermittlungen – was das betrifft, sind Sie wirklich kreativ.

Sie lassen die Bundesagentur für Arbeit einen Riesenaufwand betreiben, damit in der Öffentlichkeit der Eindruck entsteht: Deutschland geht es gut, das ist ein Grund zu Freude. Die Wirklichkeit sieht leider anders aus, Frau Merkel.

In Deutschland haben wir mindestens fünf Millionen Arbeitslose. Es ist eben nur sehr mühsam, sich die aus allen erdenklichen Quellen zusammenzusuchen.

Ich möchte Sie nun eindringlich darum bitten, Ihrem Volk gegenüber mehr Ehrlichkeit walten zu lassen. Wir verkraften das schon. Was uns überhaupt nicht gefällt, ist, dass Sie glauben, uns für total dumm verkaufen zu können. Wie immer erhalten Sie meine Zeilen in den nächsten Tagen per Briefpost.

Mit freundlichen Grüßen

Ihr Souverän

Rededuell mit Martin Schulz

Sehr geehrte Frau Bundeskanzlerin,

heute ist für Sie ein großer Tag. Rededuell im Fernsehen mit Martin Schulz von der SPD. Einen Tipp für heute Abend muss ich Ihnen als Souverän noch mit auf den Weg geben, dann rutschen die Roten unter 20 Prozent.

Sprechen Sie über das Rentensystem. Nehmen Sie Ihrem Herausforderer den Wind aus den Segeln und sagen: Das Umlageverfahren, also die aktiv Berufstätigen und ihre Arbeitgeber, finanzieren mit ihren Beiträgen direkt die Renten der Senioren und erwerben Ansprüche für ihre spätere Altersversorgung. Die ersten 20 Jahre bereite ich mich vor, 40 Jahre plus minus x wird gearbeitet und 20 Jahre erhalte ich Rente. Einmal sehr grob dargestellt. Das würde eben sehr gut funktionieren, aber nur, wenn alle Berufs-gruppen in das System einzahlen würden. Und dafür, lieber Herr Schulz, werde ich mich jetzt total einsetzen. Wenn Martin Schulz das aus Ihrem Munde hört, verlässt er noch während der Sendung das Studio und spielt den Beleidigten.

Die Realität, Frau Merkel, wer weiß es besser als Sie, sieht leider anders aus. Es zahlen nur noch 25 Prozent in das System überhaupt ein. Politiker, Beamte, Richter, Archi-tekten, Soldaten, Journalisten, Selbstständige, Ärzte – alle haben ihre eigenen Altersvorsorgewerke. Muss das so bleiben? Können Sie es ändern? Eines scheint sicher: Wenn es so bleibt, dann wird es einen langsam auf uns zurollenden Altersarmuts-Tsunami geben.

Das können Sie als Chefin dieses Landes nicht wollen, Frau Merkel. Ich weiß, es ist eine Riesenaufgabe, die politischen Rahmenbedingungen zu schaffen, um an den Stellschrauben zu drehen und das Umlageverfahren auf effizientere Füße zu stellen. Sie sind die Kanzlerin und wollen das Land dahin führen, wo man gut und gerne lebt. Sie wollen die nächsten vier Jahre an der Spitze dieses Landes stehen, Frau Merkel. Machen Sie sich jetzt – im übertragenen Sinne – richtig die Hände dreckig und gehen die Probleme an.

Viel Erfolg wünscht Ihnen dabei

Ihr Souverän

Gehirne auf Abwegen

Sehr geehrte Frau Bundeskanzlerin,

heute lese ich in der Tageszeitung, dass Trump Südkorea massiv aufrüsten will. Putin hingegen warnt am Rande des Treffens der BRIC-Schwellenländer in Xiamen, China, vor einer militärischen Hysterie und weiter betont er, dass dieser Umgang mit Nordkorea in einer weltweiten Katastrophe enden könne. Er, Putin, bezeichnet zudem neue Sanktionen gegen Pjöngjang zugleich als sinn- und wirkungslos. Dem kann man doch voll umfänglich zustimmen, Frau Merkel.

Die US-Botschafterin der UNO, Frau Nikki Haley, wird so zitiert, dass sie für die schärfsten aller möglichen Maßnahmen gegen Pjöngjang sei. Dann lese ich weiter, dass Sie sich, Frau Merkel, für eine friedliche und diplomatische Lösung einsetzen, so lassen Sie es Ihren Regierungssprecher Seibert verkünden. Ja, liebe Frau Merkel, das ist ja wohl das Mindeste, was ich von Ihnen erwarte. Sie wollen sich aber gleichzeitig in der EU für zusätzliche harte Sanktionen gegen Nordkorea stark machen.

Frau Merkel, ich bin entsetzt. Wie können Sie allen Ernstes glauben, damit irgendetwas zu erreichen. Einen offensichtlich psychisch gestörten nordkoreanischen Machthaber wollen Sie mit Sanktionen in die Knie zwingen? Entschuldigen Sie bitte, aber das ist doch nicht Ihr Niveau, Frau Merkel. Damit drehen Sie nur weiter an der Eskalationsspirale. Nehmen Sie Ihre Verantwortung wahr und werben für mehr Diplomatie und Verhandlungen. Das ist der einzige Weg. Sie müssen Ihren Kollegen Trump ja auch noch irgendwie in Schach halten.

Gestern habe ich in der Zeitung eine Karikatur gesehen. Trump und Kim Jong Un als schreiende Kinder in der Kita. Sie beschmeißen sich mit Bauklötzchen. Ein zutreffendes Bild. Stellen Sie sich vor, sie sind die Kindergärtnerin und sollen die Zankäpfel beruhigen. Glauben Sie, es wird besser, wenn Sie den Bubis den leckeren Nachtisch streichen?

Mit freundlichen Grüßen

Ihr Souverän

Das gebildete Volk

Sehr geehrte Frau Bundeskanzlerin,

Millionen von Berufstätigen haben eine Lese- und Rechtschreibschwäche, so meldet es heute dpa. Ihre Bildungsministerin, Frau Wanka, fordert mehr Engagement der Unternehmen, mehr betriebliche Weiterbildungsmaßnahmen, das sei eine dringende, bildungspolitische Aufgabe. Zwölf Prozent der Berufstätigen können nicht richtig lesen und schreiben. Frau Wanka hat Unrecht, Frau Merkel. Es ist nicht die Aufgabe von Unternehmen, bildungspolitische Aufgaben wahrzunehmen. Es ist die Aufgabe des Staates und der Länder.

Übrigens sind achtzig Prozent der Deutschen der Meinung, dass der Staat sich mehr einbringen und mehr in Bildung investieren sollte. Konnten Sie gestern Abend im Politbarometer des ZDF sehen. Ich hatte Ihnen neulich schon geschrieben, dass Sie mehr in Bildung und weniger in Rüstungsgüter investieren sollen. Sie müssen meine Post schon aufmachen und lesen, Frau Merkel.

Zwei wunderbare Enkel von mir sind im Alter von sechs und acht, also Schulkinder. Wissen Sie, was die mir hin und wieder erzählen? Hier ist eine Stunde ausgefallen, da kommt eine Vertretung. Sie versündigen sich schon jetzt an dieser Generation mit Ihrer Politik. Lassen Sie das nicht zu, Frau Merkel.

Ich bin der festen Überzeugung, dass diese Pöbeleien, die Sie gerade über sich ergehen lassen müssen, wesentlich geringer ausfielen, würde die frühkindliche Förderung und schulische Bildung auf einem, unserem reichen Land angemessenen, höheren Niveau liegen.

Und noch etwas: Sollte die AfD tatsächlich in den nächsten Bundestag einziehen, und danach sieht es ja wohl aus, dann platzieren Sie die in der Mitte, zwischen CDU und SPD. Dann sollen die doch mal erklären, was hier alles schlecht läuft und welche Ideen man einbringen möchte.

Das lassen Sie zur besten Sendezeit ausstrahlen. Mein Gefühl sagt mir, dass es nicht lange dauert und diese Partei sich selbst entlarvt.

Es gibt noch ein Instrument, mit dem Sie den Zulauf zur AfD eindämmen können: Bildung, und nochmals Bildung. Ein gebildetes Volk würde das sicher, zumindest teilweise, verhindern können.

Mit besten Grüßen

Ihr Souverän

Einmal pro Monat im Fernsehen

Sehr geehrte Frau Bundeskanzlerin,

noch ist Wahlkampf und Sie touren durch das Land und sind im Fernsehen präsent. Danach wird wieder regiert, mit wem auch immer. Den nächsten großen Auftritt darf ich Ende des Jahres erleben, bei Ihrer Neujahrsansprache. Einige habe ich mir nochmals angesehen. Es hat mich nicht überzeugt, Frau Merkel. Alles ist schön in Deutschland, es gibt große Herausforderungen, usw. Was mir wirklich fehlt, sind sehr konkrete Aussagen zu den einzelnen Feldern der Politik, die Sie zu verantworten haben.

Heute will ich Ihnen gar keine neuen Vorschläge unterbreiten, was meiner Ansicht nach zu tun ist. Ich möchte Sie bitten, sich nicht nur einmal am Jahresende an Ihr Volk zu wenden. Versuchen Sie in der neuen Legislaturperiode, einmal pro Monat zur besten Sendezeit, mir, dem Souverän, zu erklären, wie es um Deutschland steht. So detailliert wie nötig, so konkret wie möglich.
Ein kleines Beispiel: Wenn mich mein Chef früher gefragt hätte, Horst, erzähl mal, wie läuft es denn bei deinen Kunden, was macht der Umsatz, und ich ihm gesagt hätte, alles gut soweit, Umsatz OK, mach dir keine Sorgen. Sie können sich vorstellen, was der mir dann geantwortet hätte. Genauso sollten Sie mich auch sehen, Frau Merkel, als Ihren Kunden.

Habe ich keinen Anspruch darauf, dass Sie mir Ihre Politik erklären? Ich muss nicht weichgespült und in Watte gepackt werden. Ich kann viel vertragen. Trauen Sie sich einfach, Frau Merkel. Also: Einmal im Monat erwarte ich Sie im TV.

Mit freundlichen Grüßen

Ihr Souverän

Richtlinienkompetenz statt Rauten-Diplomatie

Sehr geehrte Frau Bundeskanzlerin,

gibt es neben dem Fraktionszwang eigentlich auch eine Kabinettsdisziplin? Versetzen Sie sich doch bitte einmal in meine Lage, Frau Merkel.

Als Souverän bin ich damit voll ausgelastet, alle vierzehn Ministerien im Überblick zu behalten. Ich greife nur einen Fall heraus und Sie werden verstehen, was ich mit Kabinettsdisziplin meine. Dass Sie die Bundeskanzlerin sind, 18. Legislaturperiode, Kabinett Merkel III, das weiß ich. Der Finanzminister ist mir auch bekannt: Wolfgang Schäuble. Im Großen und Ganzen sollte auch er wissen, was in seiner Abteilung zu tun ist. Jetzt lese ich, dass Herr Schäuble sich für die Rente mit siebzig einsetzt. Sie, Frau Merkel, haben doch gesagt, Rente mit siebzig gibt es nicht. Was soll das? Warum mischt der sich in ein anderes Ressort ein und fährt Ihnen in die Parade? Der hat doch gar keine Ahnung von Rente. Nicht, weil der selbst kein Ende findet. Nein. Rente macht doch die Nahles von der SPD.

Was glauben Sie, hätte meine Geschäftsführung zu mir gesagt, wenn ich als Mann des Vertriebs in der Fachpresse versucht hätte, mit Marketingkenntnissen zu glänzen?

Verstehen Sie jetzt mein Problem, Frau Merkel? Das Leben ist doch ohnehin schon kompliziert genug. Vor lauter Globalisierung weiß ich schon nicht mehr, wo mir der Kopf steht. Wer weiß das besser als Sie.

Als Souverän brauche ich Klarheit. Ich will doch alles verstehen. Pfeifen Sie bitte den Schäuble zurück, der soll sich um seinen eigenen Laden kümmern. Machen Sie endlich von Ihrer Richtlinienkompetenz Gebrauch und formen Ihre Hände nicht mehr zur Raute. Das macht mich ganz nervös.

Wenn Schäuble Ihnen weiter reingrätscht, ja, mein Gott, dann sagen Sie zu ihm: So, Wolfgang, wenn das nicht umgehend besser wird und du dich hier nicht einfügst, dann heißt es auch für dich am 31.12.: Isch over.

Mit freundlichen Grüßen

Ihr Souverän

Ich lade Sie ein, Frau Merkel

Sehr geehrte Frau Bundeskanzlerin,

das eine muss ich Ihnen lassen, Frau Merkel, wo Sie auch im Wahlkampf auftreten, was man Ihnen auch vorwirft und kritisiert, es tropft an Ihnen ab. Sie sind wie Wachs, an dem die Tränen der Wähler einfach abperlen. Das ist Ihre herausragende Eigenschaft. Eine marode Schul- und Bildungspolitik, drohende Altersarmut, europäisches Mittelmaß beim Aufbau einer digitalen Infrastruktur, fehlendes Personal in den Schulen und der Polizei, Luftnummer Mietpreisbremse – es passiert einfach nichts. Deutschland ist wie gelähmt.

Wo ist die Aufbruchstimmung, Frau Merkel? Ich will es Ihnen sagen: Sie ist nicht da!

Aufbruch können Sie gerade in Frankreich beobachten. Mein Rat: Fahren Sie sooft es geht in den Élysée-Palast und lernen Sie von Emmanuel Macron Aufbruch! Wie mache ich mein Land fit für die Zukunft? Wo bekomme ich frisches, junges, engagiertes Personal? Quereinsteiger und Anders-denker. Präsident Macron hat damit den Front National in seine Schranken gewiesen - zumindest ist das mein Ein-druck.

Mit einer Politik des Aufbruchs kann man auch bei uns die Rechtspopulisten besser in Schach halten, Frau Merkel. Die etablierten Parteien tragen Mitverantwortung für den Aufschwung der AfD, wie wir es gerade erleben. Sie auch,

Frau Merkel. Ja, Sie ganz persönlich, meine ich. Sagt Ihnen das denn niemand?

Im neuesten Stimmungsbarometer liegt die AfD bei zwölf Prozent. Es ist jetzt das zehnte Mal, dass ich Ihnen schreibe, Frau Merkel. Diesen Text erhalten Sie immer auch an Ihre E-Mail-Adresse und zusätzlich per Briefpost.

Ich lade Sie auch gerne zu mir nach Hause ein. Wo ich wohne, wissen Sie ja. Dann kommen Ihre Personenschützer in die Küche, die kriegen Kaffee und Kuchen und wir beide setzen uns in mein Büro. Dann bereden wir die Eckpunkte für unser Land. Wenn Sie Interesse haben, lassen Sie mir bitte sechs bis acht Wochen Zeit. Ich möchte gut vorbereitet sein.

Mit freundlichen Grüßen

Ihr Souverän

In der Fußgängerzone

Sehr geehrte Frau Bundeskanzlerin,

heute berichte ich Ihnen von einem Vorgang, der sich vorgestern in unserer Fußgängerzone ereignet hat. SPD, Grüne, FDP und Ihre CDU hatten sich mit ihren Wahlständen postiert. Weil unser kleines Wahlkampfteam aus Personen bestand, die fanden, dass die Aussagen und Argumente auf den Plakaten aller Parteien etwas langweilig, allgemein und lustlos sind, wurden eigene Plakate entwickelt. Mehr Witz, eine Prise Ironie und Satire, so haben wir unsere eigenen Wahlaussagen – am Besenstil befestigt – an den jeweiligen Ständen hochgehalten. Diese kleine Aktion war selbstverständlich von der Polizei genehmigt. An den Ständen der SPD, Grünen und FDP nahm man uns zur Kenntnis und kam mit uns ins Gespräch. So weit, so gut.

Am CDU-Stand standen wir mit unseren zwei Plakaten in ca. drei bis vier Metern Entfernung. Und jetzt halten Sie sich fest, Frau Merkel; kaum dass eine Minute vergangen war, kam der CDU-Vorsitzende zu uns und forderte uns unmissverständlich auf, zu gehen, in einer Lautstärke, die schon bedrohlich war. Er würde immer so laut reden, meinte er zu uns. Außerdem hätten wir kein Recht dort zu stehen, das gehöre noch zum Stand der CDU, was natürlich völliger Quatsch war. Also blieben wir stehen. Dann beorderte er zwei Jugendliche mit zwei großen Sträußen mit Luftballons sich direkt vor uns zu stellen, damit die herannahenden Passanten unsere Wahlplakate nicht sehen konnten. Auf unseren zwei Plakaten stand: Für Wirtschaft und Arbeit und Sicherheit und Ordnung und Familie und Deutschland und alles – mehr nicht. Nachdem wir immer noch keine Anstalten gemacht hatten, unseren Platz zu verlassen, kam er erneut zu uns, mit Kamera bewaffnet, und fotografierte uns.

Das sind doch Stasi-Methoden, Frau Merkel.

Wir sind jetzt also erkennungsdienstlich erfasst, oder wie muss ich das verstehen, Frau Merkel? Sind wir jetzt zur Fahndung ausgeschrieben? Was hat deren Vorsitzender, der immerhin in einer Stadt von 88.000 Einwohnern Ihrer Partei vorsteht, für ein seltsames Demokratieverständnis?

Das finden Sie doch sicher auch peinlich, Frau Merkel, oder?

Mit freundlichen Grüßen

Ihr besorgter Souverän

Miserables Catering

Sehr geehrte Frau Bundeskanzlerin,

gestern war also die letzte Sitzung des Bundeskabinetts. Fünfunddreißig Minuten sollen die angeblich im Schnitt dauern. Bei fünfzehn Ministerien, die am Tisch sitzen, sind das mal gerade gut zwei Minuten pro Minister. Das soll reichen? Nun gut, eigentlich wollte ich Ihnen nur mitteilen, dass auch ich gestern meine letzte Souveränitätssitzung vor der Wahl hatte. Wählen war ich schon. Briefwahl! Befolgen Sie wenigstens diesen kleinen Rat von mir: Machen Sie keine Briefwahl. Das Catering ist miserabel.

Auf Ihre letzte Kabinettssitzung möchte ich kurz zurück-kommen. Das Thema: Bildung für nachhaltige Entwicklung. Kinder und Jugendliche sollen lernen, kritisch zu denken und kreative Lösungen zu finden, um ihr Leben nachhaltig zu ge-stalten. Es gehe darum, Probleme wie Klimawandel, Armut und Raubbau an der Natur zu lösen. Es sind 130 Einzelziele mit 349 Maßnahmen-Empfehlungen vorgesehen. Bildung ist der Schlüssel, lese ich bei Ihnen, Frau Merkel. Sie sei zentral, damit Menschen wissen, was in der Welt passiert, wie sie mit ihrem eigenen Verhalten im Alltag zu den Problemen, aber auch zu Lösungen beitragen und wie sie eine global nachhaltige Entwicklung mitgestalten können. Das hört sich super an, Frau Merkel.

Dann lese ich, dass in Deutschland 3.300 Lehrerstellen unbesetzt sind, 2.140 allein in NRW. Hunderte unbesetzte

Rektorenstellen kommen dazu. Von unterirdischem Equipment in den Schulen ganz zu schweigen. Die Bertelsmann-Stiftung sagt, dass bis 2025 ca. 2.400 neue Grundschulen gebaut werden müssten und dann zusätzlich mehrere tausend Lehrer gebraucht würden. Die Lücke zwischen Anspruch und Wirklichkeit kann größer nicht sein, Frau Merkel.

Sehen Sie, Frau Merkel, das ist genau das, was ich meine: Sie erzählen mir, im Himmel sei Jahrmarkt, aber ich durchschaue Sie.
Das wird sich bald rächen, wenn Sie mir weiterhin gepanschten Wein einschenken. Vorigen Samstag war ich in Sachen Wahlkampf in meiner Stadt unterwegs. Wir waren zu zweit. An einem FDP-Stand meinte einer, ich glaube es war der Vorsitzende, zu uns, dass sechzig Prozent der Wähler Arschlöcher seien. Das ist kein Scherz. Das hat der auch genau so gesagt.
Wenn nur die Hälfte dieser Arschlöcher am Sonntag den Gang zur Wahlurne verweigern, dann wird die Wahlbeteiligung nicht über 70 Prozent liegen.

Mit freundlichen Grüßen

Ihr Souverän

Wen wählen Sie, Frau Merkel?

Sehr geehrte Frau Bundeskanzlerin,

sind Sie schon mal gefragt worden, wen Sie am Sonntag wählen? Das traut sich bestimmt niemand. Ich schon:
Wen wählen Sie am 24.9.? Doch nicht etwa Ihre eigene Partei?

Sehen Sie es doch ein bisschen sportlich und geben der SPD Ihre Stimme. Die SPD liegt doch sowieso schon am Boden. Schwer angezählt. Das wäre sehr anständig, Frau Merkel.

Jan Ullrich hat bei einer Tour de France auf Lance Armstrong gewartet, weil der gestürzt war. Er wollte aus dessen Sturz keinen Vorteil für sich ziehen. Fair Play und Doping schließen sich offenbar nicht aus.
2014, bei der Fußball-WM in Brasilien, haben die Deutschen Fußballspieler nach dem grandiosen 7:1 über den Gastgeber die brasilianischen Spieler getröstet. Tun Sie es denen gleich. Trösten Sie mit Ihrem Kreuzchen die SPD.

Mit freundlichen Grüßen

Ihr Souverän

Schnittblumen statt Schnittmengen

Sehr geehrte Frau Bundeskanzlerin,

kennen Sie diese GPS-Koordinaten? 18° 6' 34.492" N 77° 17'
51.029" W. Nein? Die sollten Sie sich langsam einprägen. Es
ist Jamaika, das neue Farbenspiel in diesem, unseren Land.
Schwarz-Gelb-Grün.
Die SPD muss jetzt endlich wieder Opposition lernen. Eine
neue GroKo wollen die nicht. Ich übrigens auch nicht, Frau
Merkel. Das "Grauen ohne Konsequenzen", wie ich die
GroKo nenne, ist auch in Ihrer Vita nicht besonders
prickelnd.

Schwarz-Gelb-Grün wäre doch eine Premiere. Dass sich Ihre
Union und die FDP damals gegenseitig als Wildsäue und
Gurkentruppe bezeichnet haben, mein Gott, das ist doch
Schnee von gestern. Außerdem haben die einen neuen
Stürmerstar in der FDP, Christiano Lindner. Viel mehr haben
die leider nicht zu bieten. Ein bisschen Kubicki noch, aber
reicht das? Und die Grünen? Leichtes Spiel für Sie, Frau
Merkel. Die Grünen nehmen alles, was sie kriegen können,
Hauptsache ein bisschen mitregieren. Denen brauchen Sie
nur ein paar Windräder für ihren Vorgarten zu versprechen,
und schon legen die sich wieder hin.

Und bitte, Frau Merkel, kommen Sie mir nicht mit fehlenden
Schnittmengen. Meine Erfahrung als Souverän sagt mir, dass
vorher gerne fehlende Schnittmengen ins Feld geführt
werden.

Wenn dann die Wahlergebnisse vorliegen, ist von fehlenden Schnittmengen keine Rede mehr, dann wird flugs der Koalitionsvertrag unterschrieben, der oft das Papier nicht wert ist, und es gibt Schnittblumen statt Schnittmengen.

Mit freundlichen Grüßen

Ihr Souverän

Faule Fristenlösung

Sehr geehrte Frau Bundeskanzlerin,

eigentlich hatte ich gestern Abend das Wochenende eingeläutet. Wieder nichts. Meine Tageszeitung wartet heute früh mit der Schlagzeile auf:

KOMMUNEN LASSEN GELD LIEGEN!

Ich erkläre es Ihnen, und Sie sind sicher genauso fassungslos wie ich, Frau Merkel. Ich zitiere aus der Zeitung: Wegen Planungsengpässen in den Behörden kommen Fördergelder in Millionenhöhe nicht bei den Kommunen an, d. h., für die Modernisierung von Schulen oder von Straßen stehen so viele Fördergelder wie selten bereit. Ich rede hier nur über NRW, da gibt es ein Förderprogramm Gute Schule 2020. Allein dafür könnte man 500 Millionen abrufen. Aus dem Kommunalinvestitionsfördergesetz (KInvFG) stehen den Städten und Gemeinden weitere 1,12 Milliarden zur Verfügung. 1,6 Milliarden und es werden nur 10-20 Prozent abgerufen?

Jetzt mal ehrlich, Frau Merkel, wie arm ist das denn? Man verfüge nicht über ausreichend personelle Kapazitäten, um die Gelder verplanen zu können, so Frau Scharrenbach, Bau- und Kommunalministerin in NRW, der neuen CDU-Landesregierung. Dann lese ich weiter, dass Ihnen, der Bundesregierung, dies bekannt ist und man bereits reagiert hat.

Was wurde getan? Weil die Fördergelder, die bis zum Jahresende abgerufen werden müssen, nicht verfallen, wurden die Fristen verlängert. Als würde man damit das Problem lösen, Frau Merkel. Das ist doch Stückwerk. Und kommen Sie mir bitte nicht wieder mit „Bildungsföderalismus ist Ländersache".

Ich skizziere Ihnen ganz kurz, was Sie, Frau Merkel, direkt nach Ihrer Wiederwahl tun: Sie rufen bitte den Laschet an und machen einen Termin mit ihm aus. Der bringt dann auch seine Fachministerin, Frau Scharrenbach, mit. Neben Ihnen, Frau Merkel, sitzt die Bundesministerin für Bildung, Frau Wanka. Wenn Armin Laschet Ihnen dann gegenübersitzt wird er natürlich sagen, dass die SPD schuld ist. Glaube ich auch, die verheddern sich ja gerade in ihrem Gerechtigkeitswahlkampf. Jetzt ist aber Laschet in NRW am Ruder.

So, dann kommen die Probleme auf den Tisch und alle Details werden besprochen. Ein Maßnahmenplan wird vorbereitet, der den untergeordneten Gremien verkauft wird.

Ganz wichtig: Nehmen Sie sich bitte ausreichend Zeit für Laschet, der lernt doch gerade Landeschef. Dennoch: Die Zeit drängt, Frau Merkel. Das darf jetzt nicht wieder Jahre dauern.

Mit freundlichen Grüßen

Ihr Souverän

Bundesministerium für gesunden Menschenverstand

Sehr geehrte Frau Bundeskanzlerin,

heute wird es ernst. Es ist Wahltag! Der Wahlk(r)ampf ist nun Gott sei Dank vorbei. Dieses eine Mal möchte ich deshalb dafür werben, dass Sie und alle anderen Parlamentarier ein wenig mehr Lockerheit in den politischen Betrieb bringen. Oder haben Sie gar keinen Spaß mehr in der Politik? Ich glaube, bei aller Ernsthaftigkeit kann eine Prise Unverkrampftheit das politische Leben durchaus bereichern. Ein etwas legerer, munterer, lässiger und humorvollerer Umgang führt doch vielleicht sogar zu besseren Ergebnissen, oder was meinen Sie, Frau Merkel?

In diesem Zusammenhang möchte ich Ihnen einen Vorschlag unterbreiten. In meinem zweiten, kleinen Büchlein habe ich vorgeschlagen, ein weiteres Bundesministerium zu schaffen:

Das Bundesministerium für gesunden Menschenverstand (BMGM).

Dieses Ministerium soll auf alle Ministerien Zugriff haben und weisungsbefugt sein. Ziel dieses Ministeriums für gesunden Menschenverstand ist es, Politik in einer verständlichen Sprache ins Volk zu transportieren. Ich kapiere doch schon heute nicht mehr alles. Die Zusammenhänge in unserer Gesellschaft zu verstehen, ist schon schwierig genug. Wenn Sie sich die Bürokratie mit ihren schwachsinnigen Auswüchsen ansehen, werden Sie mir sicher zustimmen, ja, zustimmen müssen, Frau Merkel. Denken Sie über meinen Vorschlag nach.

Als Bundesminister für gesunden Menschenverstand berufen Sie Udo Lindenberg. Udo berichtet direkt an Sie. Er kennt alle Bundesländer, genießt überall höchstes Ansehen und bringt als Präsident des Panik-Orchesters ausreichende Kompetenz mit.

Ein ganz normaler Arbeitstag könnte vielleicht so beginnen: Um Punkt neun Uhr geht Panik-Minister Lindenberg durch alle Ministerien und schenkt einen Eierlikör ein. Danach beginnt der Tag für alle mit einem Lächeln auf den Lippen und wesentlich entspannter, glaube ich.

Mit freundlichen Grüßen

Ihr Souverän

Sondierungen
bis der Arzt kommt

Der Tatort fiel aus

Sehr geehrte Frau Bundeskanzlerin,

na, das ist ja gerade noch einmal gut gegangen, oder wie sehen Sie das, Frau Merkel? Ich sag es mal so: Eine breite Mehrheit von Wählern, CDU, SPD, Grüne, Linke, FDP steht auf dem Boden des Grundgesetzes und fühlt sich in der Demokratie gut aufgehoben. Etwas holzschnittartig beschrieben, ich weiß. Das sind immerhin rund 87 Prozent. Das ist doch ein Pfund, mit dem man wuchern kann.

Jetzt bekommt die AfD die große Bühne, beste Sendezeiten, noch mehr Interviews usw. Ich sehe darin die Möglichkeit, dass sich die AfD mit ihrem rechtsradikalen Gedankengut im Hohen Haus sehr schnell selbst entlarvt.

Das funktioniert aber nur, wenn Sie, Frau Merkel, und die demokratisch im Bundestag agierenden Parteien dagegenhalten. Lassen Sie sich nicht provozieren, bleiben sie ruhig und vor allem sehr sachlich. Und noch etwas, Frau Merkel: Europa und die Welt schauen auf uns. Ich habe Bekannte und Freunde aus Frankreich, der Schweiz, Griechenland, Holland, um nur einige zu nennen. Ganz ehrlich: Ich schäme mich ein bisschen. Sie sich auch, Frau Merkel?

Ihre Partei hat an die AfD über eine Million Wähler abgegeben, die SPD eine halbe Million, die Linke auch noch einmal Vierhunderttausend. Das ist doch peinlich.

Ich gebe Ihnen jetzt zum wiederholten Mal einen Rat, wie Sie in der neuen Regierung, es wird Jamaika – hab' ich Ihnen doch gleich gesagt, arbeiten müssen.

Das Wichtigste: Nehmen Sie mich, also Ihr Volk, mit. Erklären Sie mir die Dinge und tun Sie das so, dass ich es verstehe. Das kann doch nicht so schwer sein. Und geben Sie auch mal zu, wenn Sie Fehler gemacht haben. Ist doch kein Beinbruch, Frau Merkel.

Wenn ich Sie einmal in der Woche im Fernsehen sehe und Sie einen kleinen Überblick zur Lage der Nation geben, oder sich zu einer bestimmten Sache äußern, habe ich ein viel besseres Gefühl. Wenigstens einmal im Monat.

Zu Weihnachten, Frau Merkel, bringt das doch nichts. Weihnachtsansprachen sollten für Sie ab sofort Schnee von gestern sein. Das war es für heute.

Ich komme wieder auf Sie zu, Frau Merkel. Wissen Sie, was für mich gestern Abend die wirklich schlechte Nachricht war? - Der Tatort fiel aus!

Mit freundlichen Grüßen

Ihr Souverän

Wahl in Niedersachsen abwarten

Sehr geehrte Frau Bundeskanzlerin,

wenn ich Sie kurz zitieren darf, was Sie gestern den Journalisten in die Blöcke diktiert haben: Sie wollen, bevor es mit den Koalitionsverhandlungen richtig losgeht, die Landtagswahl in Niedersachsen am 15.10.17 abwarten, dann könnten sich, bei einem Sieg der CDU, neue Optionen für Ihre Partei und das Personal ergeben.

Liebe Frau Merkel, was soll denn das nun schon wieder? Im gleichen Artikel lese ich, dass Sie gestalten wollen. Demzufolge wollen Sie knapp drei Wochen abwarten und erst dann Koalitionsgespräche führen. Entschuldigen Sie bitte, Frau Merkel, was hat das mit gestalten zu tun? Das ist doch eine reine Hinhaltetaktik. Verwalten ist das neue Gestalten, so sieht's doch aus.
Weiter lese ich, dass Sie erklären, Ihre Ziele erreicht zu haben. Hallo? Ihre CDU hat das schlechteste Ergebnis seit 1949 abgeliefert. Sie wären auch mit 20,8 Prozent die stärkste Kraft gewesen.

Ich sage Ihnen mal, wie man das Ergebnis auch interpretieren kann, vielleicht so: Mein Gott, die letzte GroKo war auch schon miserabel, eine allerletzte Chance geben wir euch jetzt noch einmal, dann ist aber endgültig Schluss mit lustig. Wir haben euch GroKonisten jetzt so richtig abgewatscht, geben euch schweren Herzens eine allerletzte Chance. Wir haben euch Großkopferte 53 Prozent gegeben. Das reicht so gerade für eine GroKo. Jamaika wollten wir nicht wirklich - kennen wir auch nicht.

Blöd ist nur, dass die SPD beleidigt ist. Der Wählerauftrag, sagt die SPD, lautet jetzt: Ab in die Opposition. Das sind die genialen Analysen der SPD. Ihren Koalitionspartner kennen Sie doch noch, Frau Merkel: SPD = Schulzens Persönliches Desaster.

Frau Merkel, die SPD kriegen Sie nur noch rum, wenn Schulz und Oppermann die Brocken hinschmeißen. Dann kommt Frau Nahles um die Ecke. Bis zur Niedersachsen-Wahl können wir also noch reichlich spekulieren, Frau Merkel.

Mit freundlichen Grüßen

Ihr Souverän

709 Bankdrücker

Sehr geehrte Frau Bundeskanzlerin,

Norbert Lammert hatte schon vor einem Jahr gefordert, dass das Bundeswahlgesetz reformiert werden solle. Der Grund? Durch diese Überhang- und Ausgleichsmandate bläht sich der neue Bundestag auf sage und schreibe 709 Parlamentarier auf. Die Bild-Zeitung hat errechnet, dass dadurch nur für diese Legislaturperiode zusätzliche Kosten von 200 Millionen Euro entstehen.
50 Millionen Euro jedes Jahr, für neue Bankdrücker. Nur für die Neuen! Das ist doch ein Wahnsinn, Frau Merkel. Ich weiß, ich weiß, Sie entscheiden das nicht, aber Sie sind nun mal meine erste Ansprechpartnerin.

Leiten Sie meine Post einfach an den nächsten Bundestagspräsidenten weiter. Ich liebe kurze Dienstwege.

Mein Vorschlag wäre gewesen, dass die Bundesregierung, statt der Überhang- und Ausgleichsmandate, Patenschaften für vom Hunger bedrohte Kinder übernimmt. Ich bin mal davon ausgegangen, dass man für ein Kind pro Jahr 360 Euro bezahlt, damit es überleben kann. Damit könnte man mehreren hunderttausend Kindern in vier Jahren das Überleben ermöglichen, Frau Merkel. Aber wahrscheinlich dürfen Sie als Staat gar keine Patenschaften übernehmen. Und wenn doch? Wegen nicht absetzbarer Spenden? Darüber würde ich an Ihrer Stelle mit Herrn Schäuble sprechen. Ich glaube, er hätte eine Lösung gefunden. Ist ja lange genug im

Amt. Verwaltung von Spenden gehört zu seinen Kernkompetenzen.

Deutschland hat ja nun gerade erstmalig das 0,7 Prozentziel des Bruttonationaleinkommens in der Entwicklungshilfe erreicht. Mit Ach und Krach. Wir durften die Kosten für die Flüchtlinge, die bei uns sind, sogar mit einrechnen. Sonst wären wir nur bei 0,5 Prozent gelandet. Das ist beschämend, Frau Merkel.

Mit freundlichen Grüßen

Ihr Souverän

Erstens – Zweitens - Drittens

Sehr geehrte Frau Bundeskanzlerin,

sie erinnern sich bestimmt, dass ich Ihnen vor ein paar Tagen ein neues Bundesministerium vorschlug.
Das BMGM = Bundesministerium für gesunden Menschenverstand.

Nun macht sich eine neue, unappetitliche Clique im Parlament breit. Sie wissen schon, wen ich meine. Und genau wegen dieser weltfremden Truppe wird gesunder Menschenverstand in noch stärkerer Ausprägung gebraucht. Ich ahne, warum Sie sich noch nicht bei mir gemeldet haben, Frau Merkel. Sie wissen selbst gar nicht so genau, was das ist, gesunder Menschenverstand. Verstehe ich gut. Es ist auch nicht so leicht, etwas Einfaches zu beschreiben. Ich versuche es trotzdem. Sollten Sie Fragen haben, Frau Merkel, rufen Sie mich gerne an.

Erstens: Es ist ein Normalverstand, der keine methodischen Umwege geht.
Zweitens: Er ist auf der Basis alltäglicher Lebenserfahrung und auf praktische Anwendung ausgerichtet.
Drittens: Er ist die Vorstellung von einem allgemein geteilten Verständnis der Dinge, das auf die Urteile aller anderen Rücksicht nimmt.

Es ist also jemand wie ich, Ihr Souverän. Darf ich Ihnen etwas verraten? Es gibt tatsächlich schon einige Interessenten, die im BMGM mitarbeiten würden. O.k. wenn es daran scheitern sollte, dass der Panik-Minister schon morgens um 9 Uhr einen Eierlikör ausschenkt, dann können wir das gerne auf das Ende der Kernarbeitszeit, sagen wir auf 17 Uhr, verschieben. Ich muss gestehen, dass ich mit Herrn Lindenberg noch gar nicht gesprochen habe. Eine Bitte hätte ich allerdings: Aufgrund seiner hohen fachlichen Kompetenz sollten sich seine Bezüge im komfortablen Rahmen bewegen. Schönen Feierabend.

Mit freundlichen Grüßen

Ihr Souverän

Fortbildung für die Kanzlerin

Sehr geehrte Frau Bundeskanzlerin,

sagen Sie, wann waren Sie eigentlich das letzte Mal auf einer Fortbildung? Gerade Sie als meine Bundeskanzlerin muss bestens ausgebildet sein. Soweit ich das recherchiert habe, ist Bundeskanzler überhaupt kein Ausbildungsberuf. Bundeskanzler kann man auch nicht studieren. Sie sind also angelernt. Quereinsteigerin. Ist für mich aber kein Problem, Frau Merkel.

Nun haben Sie nach Ihrem desaströsen Wahlergebnis gesagt, dass Sie so weitermachen wollen, wie bisher. Das hat mich schwer irritiert. Das ist ungefähr so, als wenn eine Firma ein Produkt vermarktet, im abgelaufenen Jahr die schlechtesten Umsatzzahlen aller Zeiten präsentiert und der Inhaber sich vor seine Mitarbeiter stellt und sagt: Ruhig Leute, wir sind immer noch Marktführer, wir tun so, als wäre nichts passiert! Da kann es schon passieren, dass ein paar Verunsicherte kündigen. Das sind alles diejenigen, die gar nicht erst wählen gehen, Frau Merkel. Seit Jahren.

O.k., Frau Merkel, jetzt mal Butter bei die Fische. Die Uni Göttingen bietet Studiengänge in Politikwissenschaft an. Sechs Semester inklusive Praktika. Wenn Ihnen daran liegt, melde ich Sie an. Mit Bachelorabschluss. Sie sind noch vor Ende der nächsten Legislaturperiode fertig. Dann steht auf Ihrer Visitenkarte: Dr. Angela Merkel, Bundeskanzlerin B. A. Das macht doch was her.

Am spannendsten finde ich, dass ein Semester Auslands-praktika vorgesehen ist. Die großen aktuellen Fragestel-lungen zeigen sich für mich als Souverän in Skandinavien: Wie passen stabile, wirtschaftliche, politische Rahmenbedin-gungen und ein hohes Bildungsniveau einerseits und ein An-wachsen des Rechtspopulismus am Beispiel der *Schweden-partei* und der "Partei der Finnen" andererseits zusammen? Wenn Sie da gut zuhören, sind Sie sicher in der Lage, die richtigen Schlüsse daraus für unser Land zu ziehen, Frau Merkel. Das wäre mir persönlich sehr, sehr wichtig.

Überlegen Sie sich das bitte mit Göttingen. Die Telefon-nummer habe ich hier schon liegen.

Mit freundlichen Grüßen

Ihr Souverän

Mit dem Rollstuhl ins Gelände

Sehr geehrte Frau Bundeskanzlerin,

noch steht längst kein Termin für Koalitionsgespräche fest und schon ist man fleißig dabei, die Ministerposten zu verteilen. Was ich da heute in der Tageszeitung lese, da möchte ich als Souverän auch einen kleinen Beitrag leisten.

Wie Sie wissen, Frau Merkel, bin ich strikt dagegen, dass die Militärausgaben erhöht werden. Stichwort 2,0 Prozent. Wenn es einen gibt, dem ich zutraue, auch in diesem Ministerium eine schwarze Null zu erzielen, dann ist es Herr Schäuble. Wolfgang Schäuble wird Bundesminister der Verteidigung. Bundestagspräsidentin könnte Frau von der Leyen werden. Leider ist Herr Schäuble in seiner Bewegungsfreiheit eingeschränkt. Ich sehe aber eigentlich kein Problem darin, den Rollstuhl geländegängig zu machen. Denken Sie einmal darüber nach.

Sie sind ja gerade beim EU-Gipfel in Estland, Frau Merkel. Wie ist das Wetter in Tallin? Hier regnet es.

Mit freundlichen Grüßen

Ihr Souverän

Cem on the Beach

Sehr geehrte Frau Bundeskanzlerin,

heute sollten wir beide den Tag zum Durchschnaufen nutzen. Jeden Tag werden wir doch mit Jamaika, Jamaika, Jamaika und noch einmal Jamaika zugemüllt. Bis weit ins nächste Jahr droht man uns Koalitionsgespräche an. Das wäre doch ein Wahnsinn. Denken Sie bitte über meinen ernst gemeinten Vorschlag nach, den ich Ihnen, Frau Merkel, hier unterbreite:

Die Koalitionsgespräche führen Sie nicht in Berlin, nein, Sie fliegen nach Jamaika. Ich bin der festen Überzeugung, dass diese herausfordernden Gespräche bei warmen Temperaturen und in legerer Kleidung viel besser auszuhalten sind. Im November liegt die mittlere Temperatur bei 23-32 Grad Celsius, also ideale, klimatische Voraussetzungen. Das Hotel, das ich für Sie angefragt habe ist das *Zoetry Montego Bay*. Der Luxusschuppen wirbt mit endlosen Privilegien. Ist das nicht wie maßgeschneidert, Frau Merkel? Ich habe mir erlaubt für die Zeit vom 1. - 10. November fünf Einzelzimmer und neun Übernachtungen anzufragen. Der Preis läge bei 21.735 Euro. Eine Spitzenanlage, nur 5,4 km vom Flughafen entfernt. Für Katrin und Cem habe ich Einzelzimmer vorgesehen, obwohl die politisch in einem Bett liegen.

Wenn ich mir vorstelle, wie die Gespräche in lockerer, ungezwungener Atmosphäre ablaufen, man könnte schon jetzt richtig neidisch werden. Zuerst wird "Seeteufel à la Horst" serviert. Als Cocktail bietet sich "Cem on the Beach" an. Nach dem Menü legt DJ Christian in einer Endlosschleife "Angie" von den Stones auf. Nach dem dritten Cocktail zieht Katrin die Schuhe aus und fordert die CSU zum Tanz auf. Ein Horst lässt sich nicht zweimal bitten. DJ Christian präsentiert auf dem rechten Oberarm ein neu gestochenes Tattoo: Genschman mit gelbem Pullover.

Für den letzten Absacker machen Sie einen kleinen Spaziergang bis zum Leuchtturm Folly Lighthouse. Genießen Sie den Blick aufs Meer und skizzieren ein paar Leuchtturm-Projekte. Wenn Ihnen zu Deutschland nichts mehr einfällt, nehmen Sie einfach irgendwas mit Europa.

Ich muss ganz ehrlich sagen, dass ich von meiner Idee ganz begeistert bin, wissen Sie auch warum noch, Frau Merkel, und das ist kein Scherz:
Die Staatsform in Jamaika lautet: Parlamentarische Monarchie - wie bei uns.

Mit freundlichen Grüßen

Ihr Souverän

PS: Ab morgen sind wir wieder ernst.

Friedensnobelpreis für die Bürger der Ex-DDR

Sehr geehrte Frau Bundeskanzlerin,

die Feierlichkeiten sind vorbei. Siebenundzwanzig Jahre Deutsche Einheit. Verlustängste hätten Sie festgestellt, so ihre kurz gefasste Analyse. Finden Sie das nicht selbst ein bisschen dünn und oberflächlich, Frau Merkel? Gerade Sie, die Sie fünfunddreißig Jahre in dem System gelebt haben, sollten es besser wissen. Sie wissen es auch besser, trauen sich aber nicht, die Wahrheit auszusprechen. Anders ist es nicht zu erklären, warum Sie sich davor drücken, uns klarzumachen, was Sie in Ihrer neuen Regierung anders machen müssten.

Meine Bestandsaufnahme fällt etwas anders aus. Ich blicke zurück auf über sechzig Jahre Erfahrungen mit und in der ehemaligen DDR, inklusive Anwerbeversuchen zum IM durch die Stasi. Fast alle Verwandten lebten dort. Sie stehen für viele Menschen, die sich vierzig Jahre hinter Stacheldraht und Mauern arrangieren mussten. Als der Druck immer unerträglicher wurde, hat man protestiert und demonstriert und sich gegen das unmenschliche Regime aufgelehnt. Was es hieß, gegen die DDR auf die Straße zu gehen, konnten wir im Westen überhaupt nicht nachvollziehen.

1989 haben die Menschen in der DDR die Mauer zu Fall gebracht. Sie, Frau Merkel, und Ihre Vorgängerregierungen, hätten allen Grund der Welt gehabt, Ihren Landsleuten höchsten Respekt zu zollen und Wertschätzung entgegenzubringen. Ich meine, ehrlichen Respekt und echte Wert-schätzung. Von den Lügen der blühenden Landschaften bis zur vollen Angleichung des Rentenniveaus 2025, nach dann 36 Jahren, haben die Regierungen es geschafft, dass die Ostdeutschen, tief enttäuscht, allein gelassen, ihrer Identität beraubt, sich mit ihren Mitteln jetzt wehren.

Das vorläufige, nichtamtliche Zwischenergebnis 2017 der Ostdeutschen lautet: Wir sind noch immer nicht voll inte-griert, wir wollen endlich mit euch auf Augenhöhe sein, die Flüchtlingskrise habt ihr megaschlecht gemanagt. Deshalb haben wir uns entschlossen, Ihnen Frau Merkel, die AfD ins Haus zu schicken. Viel Spaß!

So, Frau Merkel, das ist meine Beobachtung als Souverän. Ihnen möchte ich eine Idee vorstellen, wie man mit einem ersten Schritt den Ostdeutschen einen Teil ihrer Würde zurückgeben könnte.

Wir schlagen die Bürger der DDR, das 17-Millionen Volk, das damals mit friedlichen Protesten die Mauer zum Einsturz gebracht hat, für den Friedensnobelpreis vor.

Wenn ich die Statuten des Nobelpreiskomitees richtig verstanden habe, ist es nur möglich, als Mitglied des Parlamentes einen Vorschlag einzureichen. Daher werde ich in den nächsten 2-3 Wochen einen Vorschlag vorformulie-ren und Ihnen mit separater Post schicken. Dann haben Sie noch genügend Zeit, sich damit auseinanderzusetzen. Der Vorschlag muss bis zum 1. Februar 2018 beim Nobelpreis-komitee vorliegen. Es gilt das Datum des Poststempels.

Mit freundlichen Grüßen

Ihr Souverän

Haustürschlüssel für die Lobbyisten

Sehr geehrte Frau Bundeskanzlerin,

einige Medien berichten, dass ich frühestens im Januar 2018 eine neue Regierung habe. Das glaube ich einfach nicht. Wir schreiben jetzt Anfang Oktober 2017. Wollen Sie etwa ganze vier Monate mit Koalitionsverhandlungen verplempern, Frau Merkel?

Was machen Ihre 630 Leutchen, jetzt sind es ja schon 709, eigentlich den ganzen Tag? Ich ahne Schlimmes. Korrigieren Sie mich bitte, wenn ich falsch liege. Es geht ein Heer von Lobbyisten ein und aus. Nicht die Koalitionsverhandlungen sind so kompliziert, nein, bis alle Lobbyisten, Verbände, Stiftungen, NGOs, Think Tanks usw. ihre Wünsche bei den Abgeordneten platziert haben, vergeht eben immer mehr Zeit. Schätzungsweise sind in Berlin fünftausend Lobbyisten unterwegs. Ein Viertel aller Bundestagsabgeordneten nimmt Lobbytätigkeiten wahr. Wussten Sie das eigentlich, Frau Merkel?

Dabei heißt es doch im Grundgesetz, dass, wenn Abgeordnete Geld dafür erhalten, die Interessen eines Verbands oder eines Unternehmens zu vertreten, sie nicht mehr frei von Aufträgen und Weisungen sind. Genau das aber fordert das Grundgesetz.

Das ganze Lobbying-Geschäft hat sich zu einem mehr als zweifelhaftem Bestandteil unserer Demokratie entwickelt, Frau Merkel. Firmen haben schon Lobby-Büros, Lobby-Agenturen, Anwaltskanzleien, Beraterfirmen nach Berlin geschickt, um das Personal in der Abgeordneten-Tagesstätte (Ata) besser beackern zu können.

Mir ist auch klar, dass man das Lobby-Haifischbecken nicht so einfach trockenlegen kann, Frau Merkel. Aber das muss doch eingedämmt werden. Wohin soll das noch führen? Knapp tausend Lobbyisten haben sogar einen eigenen Haustürschlüssel für den Bundestag. Ich fasse es nicht, Frau Merkel. Wer hat das denn genehmigt? Ich hab mir mal angeschaut, wer und was sich im Regierungsviertel alles so niedergelassen hat.

Frau Merkel, Frau Merkel, mir wird schlecht. Sie sind umzingelt. Gucken Sie mal aus dem Fenster, da sehen Sie immer einen aus der Lobbymafia herumlungern. Demnächst werden die Rikschas noch in Lobbycars umbenannt. Ich glaube, dass ich deutlich gemacht habe, worum es mir als Souverän geht. Es reicht nicht aus, dass Sie ein Lobby-Register führen. Sie müssen auch mal reinschauen. Nicht nur einmal durchblättern.

Mit freundlichen Grüßen

Ihr Souverän

Russisch als Wahlfach

Sehr geehrte Frau Bundeskanzlerin,

ja, ich weiß, Sie sitzen gerade mit dem Obergrenzen-Indianer zusammen, um die Koalitionshütte Schwarz-Gelb-Grün anzumalen.

Derweil gibt es weitere Themen, die nicht weniger wichtig sind. Europa zum Beispiel. Seien Sie ehrlich: Es wird doch nicht wirklich besser. Die letzte Wahlbeteiligung lag bei 43 Prozent. Das ist gerade mal Regionalliga-Niveau, Frau Merkel. Wie kann man die Menschen dazu bringen, sich mehr für Europa zu engagieren? Das ist doch eine spannende Frage. Ich glaube, dass eine große Hürde, die ein besseres Zusammenwachsen Europas verhindert, ist, dass es keine einheitliche Sprache gibt. Zwar sind die Sprachen einerseits ein Baustein interkultureller Vielfalt, andererseits aber auch ein Hemmschuh, kommunikative und kulturelle Barrieren abzubauen.

Mein Vorschlag ist deshalb: An allen Schulen in der EU werden die am häufigsten gesprochenen Sprachen gelehrt. In den Grundschulen ab der ersten Klasse: Englisch, Französisch, Deutsch, Spanisch als Pflichtfächer und Russisch als Wahlfach.

Sprechen Sie doch mal mit dem neuen Stern am europäischen Himmel, Emmanuel Macron, und sagen zu ihm: Hör mal, Emmanuel, ich hab bei mir in Deutschland einen

Wähler sitzen, der spielt sich laufend als Souverän auf. Macht pausenlos Vorschläge. Nicht alles kann man gebrauchen. Der ist halt kein Politiker. Jetzt hat der allerdings einen Vorschlag gemacht, den finde ich ganz interessant. An allen Schulen in Europa sollen fünf Fremdsprachen gleichzeitig gelehrt werden.

Frau Merkel, ich glaube, wenn es gelingt, dafür eine Mehrheit zu finden, könnte das ein Schritt zu einer pro-europäischen Haltung, einer Stabilisierung des Kontinents und dem Aufbau einer gemeinsamen Kultur bedeuten.

Denken Sie einmal darüber nach.

Mit freundlichen Grüßen

Ihr Souverän

09. Oktober 2017
14:30 Uhr

Liebe Grüße an Emmanuel

Sehr geehrte Frau Bundeskanzlerin,

das nenne ich perfektes Timing. Gestern schlug ich Ihnen nachstehenden Absatz vor:

An allen Schulen in der EU werden die am häufigsten gesprochenen Sprachen gelehrt. In den Grundschulen ab der ersten Klasse: Englisch, Französisch, Deutsch, Spanisch als Pflichtfächer und Russisch als Wahlfach.

Bei der nächsten Gelegenheit, so führte ich weiter aus, mögen Sie bitte dem französischen Präsidenten meinen Vorschlag unterbreiten. Gucken Sie auch bitte in Ihr E-Mail-Postfach. Dort sehen Sie, dass ich den Vorschlag noch etwas ausführlicher beschrieben habe.

Heute entnehme ich Ihrem Terminkalender, dass Sie morgen Nachmittag, gemeinsam mit Emmanuel Macron, die Frankfurter Buchmesse eröffnen. Richten Sie doch bitte liebe Grüße an Emmanuel von mir aus. Vielen Dank.

Mit freundlichen Grüßen

Ihr Souverän

Maul-Helden

Guten Abend, Frau Merkel,

nun haben Sie mit ihrer Schwesterpartei einen sagenhaften Kompromiss ausgehandelt. Eine Obergrenze ohne Zahl. Darauf muss man erst einmal kommen. Es war das Topthema.
Soll ich Ihnen etwas sagen, Frau Merkel? Mich, als kleinen Souverän, interessieren noch ganz andere Themen. Zum Beispiel habe ich ein brennendes Interesse daran, was Ihr Maut-Held von der CSU, Dobrindt, als Vorsteher des Ministeriums für Verkehr und digitale Infrastruktur den ganzen Tag so wegarbeitet. Von seiner erbärmlichen Haltung der Autoindustrie gegenüber möchte ich hier gar nicht reden.

Zuerst das Desaster bei der PKW-Maut. Die von seinen Leuten errechneten Einnahmen von 600 Millionen Euro werden mehr als komplett durch immense Verwaltungskosten aufgefressen. Zwar hat die EU-Kommission die Maut durchgewunken, Österreich wird dennoch klagen und bis vor den Europäischen Gerichtshof gehen. In Schulnoten ausgedrückt ist das eine glatte 6 für Alexander Dobrindt.
Sie, Frau Merkel, kommen auch nicht viel besser weg. Von Ihnen stammt doch 2013 der Satz: Mit mir wird es eine Maut nicht geben. Habe ich selbst im Fernsehen gehört.
Dobrindts LKW-Maut, auch eine tolle Geschichte. Immer mehr ÖPPs (Öffentlich Private Partnerschaften) gibt es. Zwischen Bremen und Hamburg betreibt die A1 Mobil einen

Autobahnabschnitt. Dafür wurden denen Mauteinnahmen für 30 Jahre, sagen wir es mal so, in Aussicht gestellt. Jetzt bleiben die aus, weil Dobrindts Abteilung nicht 7,5 von 12 Tonnen-LKWs unterscheiden kann. Es gibt weniger LKW-Verkehr, Spätfolgen der Weltwirtschaftskrise, und, und, und. A1 Mobil ist auch nicht frei von Schuld, es droht die Pleite und man klagt gegen Dobrindts Ministerium. Es geht um 780 Millionen Euro. In drei Schlichtungsverfahren hat Dobrindt schon mal das Nachsehen gehabt. Ich habe ein ganz schlechtes Gefühl, Frau Merkel. Muss ich schon wieder aushelfen?

Entschuldigen Sie bitte, Frau Merkel, ich muss Ihnen jetzt eine ganz blöde Frage stellen: Sie wissen das doch sicher alles, was ich Ihnen hier berichte, oder? Dann verstehe ich allerdings nicht, warum Sie nichts tun. Wissen Sie, was ich an Ihrer Stelle gemacht hätte? Den Dobrindt hätte ich zu einem Vieraugengespräch in mein Büro gebeten. Er hätte mir klitzeklein jeden Posten, der Geld kostet, erklären müssen. Risikoanalyse, Kosten-Nutzen-Rechnung, das ganze Programm. Zum Schluss hätte ich ihn gefragt, wo er eigentlich das ganze Geld gelassen hat. Und ich hätte mich erkundigt, ob ich den Dobrindt irgendwie haftbar machen kann. Alle Minister sollten persönlich mit ihrem Privatvermögen haften. Dann gibt es immer noch Autobahnen, aber Dobrindts gibt es nicht mehr.

Zum Schluss wäre ich aufgestanden und hätte ihm die Entlassungsurkunde überreicht. Ihre leitenden Angestellten verstehen nur eine Sprache: Klare Kante - und nichts anderes. Wenn dann der Seehofer droht, ja, mein Gott, dann sagen Sie ihm: "Horst, mach ein Referendum bei Dir Dahoam zur Abspaltung von der Bundesrepublik". Anders als die spanische Regierung, werde ich, so wahr ich Angela

Merkel heiße, dem zustimmen. Dann seid ihr endlich mal ein echter Freistaat.

Mit freundlichen Grüßen

Ihr Souverän

13. Oktober 2017
20:20 Uhr

Pädagogen statt Panzer

Sehr geehrte Frau Bundeskanzlerin,

jetzt ist es raus. Das Institut zur Kwalitätsentwicklung im Bildungswesen (IQB) hat festgestellt, dass die Fähichkeiten der Fiertklässler an den Grundschulen in Rechtschreibung, Zuhören und Mattematick in den letzten fünf Jahren deutlich schlächter geworden sind - in allen Bundesländen.

Die Forsizende der Kultusministerkonferenz (KMK), Frau Eisenmann, schlägt Alarm. Wohin sie den schlägt, war leider nicht zu erfahren. Ich vermute ja, dass die Frau Eisenmann den Alarm in ein Tal der Ahnungslosen geschlagen hat. Nein, nicht nach Dresden, Frau Märckel.

Herrgott nochmal, Frau Märckel, wenn das so weitergeht, dann ist jeder dritte Brief in zehn Jahren auf dem gleichen orthografischen Niwo wie dieser hier. Sie kennen doch die Eisenmann, ist doch eine aus Ihrer Partei, der CDU. Ihren Laden habe ich jetzt auch neu interpretieren müssen: CDU = Casino des Unheils. Tja, sind Sie selbst inschuld.

Einige Male habe ich Ihnen doch gesagt, dass es besser ist, in Pädagogen, statt in Panzer zu investieren. Warum hören Sie denn nicht auf mich? Sie rufen bitte sofort die Eisenmann an und machen einen Termin mit ihr aus. Wenn ich sage sofort, dann meine ich das auch so. Am kommenden Montag, direkt nach der Wal in Niedersachsen,

treffen Sie sich in Sachen Bildung mit der Bildungs-
verhinderin.

Sie überreichen also nicht dem Althusmännchen einen
Blumenstrauß, wie das sonst immer so üplich ist, nein, sie
sätzen jetzt Prijoritähten, Frau Märckel. Ich baue auf Sie.

Mit freundlichen Grüßen

Ihr Suwerähn

Der Überbringer guter Nachrichten

Sehr geehrte Frau Bundeskanzlerin,

heute möchte ich Ihnen einmal keine Ratschläge erteilen, wie Sie bestmöglich regieren sollen. Nur eine kleine Rückfrage: Mit Frau Eisenmann von der Kultusministerkonferenz haben Sie schon telefoniert? Wenn nicht, bitte auf Termin legen.

Ansonsten freue ich mich, dass ich heute der Überbringer der guten Nachrichten bin. Die Sondierungsgespräche für Mittwoch, den 18.10. können Sie absagen. Nachdem ich mich als Souverän mit Jamaika schon angefreundet hatte, kommt nun FDP-Lindner um die Ecke. Soli weg oder es hat sich ausjamaikat, bevor die Flaggen das erste Mal gehisst werden können. Das ist doch mal 'ne klare Ansage. Find' ich gut.

Schreiben Sie ihm eine WhatsApp, Frau Merkel: Lieber Herr Lindner, sie wissen doch, dass ich den Solidaritätszuschlag für unverzichtbar halte. Weil Sie es sind, noch einmal zum Mitschreiben: Der Solidaritätszuschlag ist   a-l-t-e-r-n-a-t-i-v-l-o-s. Richten Sie das auch dem Kubicki aus, der hat ja noch zu 50 Prozent Hoffnung. Kann er sich abschminken. Aus die Maus. Lindner weiß natürlich genauso gut, dass der Soli bleibt, der ist ja nicht blöd, der Jungspund. Der will doch auch Neuwahlen, dann verliert die AfD nochmals kräftig, die FDP sattelt noch ein bisschen drauf, die lästigen Grünen braucht man dann nicht mehr, die SPD diskutiert sich einen Wolf und schon reicht es für Schwarz-Gelb.

Dann leiten Sie mal schön Neuwahlen ein, Frau Merkel. Machen Sie sich keine Sorgen. Ich bin, wie immer, dabei. Das nächste Mal muss es aber klappen. Einen Rat doch noch zum Schluss, Frau Merkel, und das sollten nicht nur Sie beherzigen: Sie sind nur auf Zeit gewählt – ich auf Lebenszeit!

Mit freundlichen Grüßen

Ihr Souverän

Koalitions-Beschleuniger

Sehr geehrte Frau Bundeskanzlerin,

fast vier Wochen nach der Bundestagswahl haben Sie jetzt mit den Sondierungsgesprächen begonnen. Nicht etwa mit Koalitionsverhandlungen. Nein, sie wollen sich untereinander kennenlernen. Was ich als Souverän so mitbekomme, ist: Es soll schwierig werden und es kann sich hinziehen. Bis ins nächste Jahr. Auch wenn Sie nicht auf mich hören, Frau Merkel, ich mache trotzdem einen Vorschlag, wie Sie die Koalitionsverhandlungen beschleunigen können: Die Grünen wollen ab 2030 keine Autos mit Verbrennungsmotoren. Die FDP fordert die Abschaffung des Soli, die CSU schließt jegliche Steuererhöhungen aus.

Das ist doch ganz wunderbar. Schreiben Sie das alles in den Vertrag, farblich mit roten Linien gekennzeichnet, damit hinterher jeder weiß, an welcher Stelle man nicht zusammenkam und warum. Einfach genial, Frau Merkel. Im Koalitionsvertrag steht all das, worüber sie sich im Vorfeld nicht einig geworden sind. Das ist eine gute Basis. Und dann fangen Sie einfach an zu regieren, Frau Merkel. An das, was in früheren Koalitionsverträgen stand, hat sich doch auch keiner gehalten.

In Ihrer Jahresendrede im Fernsehen sagen Sie: Liebes Deutschland, ich habe noch einmal über alles nachgedacht – frohe Weihnachten. Noch ganz kurz zu den Sondierungsfotos von gestern. Wie Sie da mit den anderen auf dem

Balkon stehen und lächeln – einfach süß. Lindner winkt aus der zweiten Reihe, vermutlich, weil vor vier Jahren da eine Lücke klaffte. Ich weiß jetzt schon, wie bedröppelt Sie alle dreinblicken müssen, wenn Runde eins der Koalitionsgespräche vorbei ist. Ich glaube ja, Ihre Sondierungs-Gang hat bei Til Schweiger einen Crashkurs in Schauspielkunst bekommen.

Mit freundlichen Grüßen

Ihr Souverän

Facebook-Post an Andrea Nahles

Sehr geehrte Frau Bundeskanzlerin,

der Frau Nahles von der SPD habe ich gerade über Facebook gepostet. Lesen Sie mal:

Sehr geehrte Frau Nahles,
ich habe vernommen, dass Sie jetzt also mit der Oppositionsarbeit beginnen. Vielleicht klären Sie mich mal auf: Sind Sie denn nicht mehr Ministerin? Ist man nicht so lange Ministerin, bis man die Entlassungsurkunde vom Bundespräsidenten erhalten hat? Oder hängt an ihrem Büro ein Schild: "Tut mir leid, aber ich habe vorübergehend geschlossen wegen zäher Koalitionsverhandlungen der Anderen".
Über eine Rückantwort, Frau Nahles, gerne hier auf Facebook oder an meine Privatadresse, würde ich mich sehr freuen.

Von Ihnen, Frau Merkel, hätte ich gerne gewusst, was in den Ministerien überhaupt jetzt so läuft, in denen die SPD mitregiert hat. Darüber lese ich als Souverän gar nichts. Das interessiert mich aber.

Machen die jetzt alle gemeinsam Mist? So hat Münte Opposition doch seinerzeit erklärt.

Mit freundlichen Grüßen

Ihr Souverän

Nicht aufgepasst

Guten Abend, Frau Merkel,

entschuldigen Sie bitte, aber da habe ich einen Augenblick nicht aufgepasst. Frau Nahles hat ihre Entlassungsurkunde bereits Ende September erhalten. Frau Barley führt kommissarisch die Geschäfte weiter. Sie sehen es mir hoffentlich nach.

Immerhin hat mir vorhin Frau Nahles persönlich geantwortet. Oder antworten lassen. Via Facebook.

Sie, Frau Merkel, haben es immer noch nicht für nötig gehalten, auf meine Sorgen, die ich um Deutschland habe, in irgendeiner Weise zu reagieren.

Mit freundlichen Grüßen

Ihr Souverän

Wo liegt das Ruder?

Sehr geehrte Frau Bundeskanzlerin,

heute war nun die konstituierende Sitzung des Bundestages. Dass Sie vier Wochen nach der Bundestagswahl noch immer keine Regierung haben, ist ein Trauerspiel. Vom Bundespräsidenten haben die Noch-Minister heute ihre Entlassungsurkunden erhalten. Damit bis zur Unterschrift des neuen Koalitionsvertrages der Laden halbwegs weiter läuft, machen die nun weiter.

Keiner von denen weiß, was mit ihm/ihr danach ist. Motivation – null! Wie lange soll das denn so weitergehen? Bis Januar/ Februar 2018? Oder noch länger?

Wenn ich als Souverän bislang schon sehr stark den Eindruck hatte, dass hier in Deutschland nur noch verwaltet statt gestaltet wurde, verstärkt sich mein Empfinden jetzt umso mehr. Dass Herr Schäuble nun Bundestagspräsident geworden ist, ändert daran auch nichts. Mit diesem aufgeblähten Apparat wird es noch zähflüssiger als in den letzten Jahrzehnten. Dazu kommen noch die Rückwärts-Denker der AfD, mit denen Sie sich zusätzlich herumschlagen müssen. Wie wollen Sie hier das Ruder herumreißen?

Ich glaube, Sie, Frau Merkel, Sie wissen gar nicht mehr, wo das Ruder überhaupt liegt.

Mit freundlichen Grüßen

Ihr Souverän

Mitglieder der Banausen

Sehr geehrte Frau Bundeskanzlerin,

oft war ich Zeuge, wenn im Fernsehen über namentliche Abstimmungen im Plenarsaal berichtet wurde. Und sehr oft habe ich mich gefragt: Wo sind die eigentlich alle? Bei der Abstimmung über das Lebensversicherungsgesetz 2014 fehlten 15 Prozent. Hundert Parlamentarier, einfach futschikato perduto. Das ist nur ein Beispiel. Die Liste könnte ich beliebig fortsetzen. Und Sie selbst, Frau Merkel, fehlten am häufigsten. In der freien Wirtschaft wären Sie Ihren Posten längst los, Frau Merkel.

Ich sage Ihnen jetzt einmal was: In der neuen Zusammensetzung des Parlaments guckt die halbe Welt supergenau hin, was hier so abgeht, nicht zuletzt wegen der AfD. Die AfD, weil sie noch neu ist, wird Präsenz zeigen. Bei denen hängt wahrscheinlich jetzt schon ein Blatt am schwarzen Brett, auf dem steht: Es gilt bei allen namentlichen Abstimmungen hundertprozentige Präsenzpflicht.

Nur ein Drittel der Parlamentarier haben im ersten Anwesenheitserhebungs-Zeitraum 2014 nicht gefehlt. 200 Mitglieder des Deutschen Bundestages. D. h. 400 waren mal da, mal wieder nicht, quer durch alle Fraktionen. Wissen Sie, wie ich das nenne, Frau Merkel? Das ist pure Faulheit und nichts anderes! Erzählen Sie mir nichts von Krankheit und Arbeit im Wahlbezirk. Der Tag ist nicht mehr fern, an dem ich im Fernsehen die Lücken sehe. Ein AfD-Mann wird am

Pult stehen und mit Blick auf die Altparteien fragen, welch jämmerliches Bild man den Bürgerinnen und Bürgern im In- und Ausland biete. Mit Blick auf SPD, Grüne, FDP, CDU/CSU und Linke wird man fragen, welches Verständnis von parlamentarischer Arbeit und Verantwortungsgefühl im hohen Hause vorherrsche. Erst wird der Bundestag auf 709 Leute hochgejazzt, das kostet den Steuerzahler ein Schweinegeld, und dann fehlt auch noch die Hälfte.

Das Schlimme, Frau Merkel, wird sein, dass die AfD in diesem einen Punkt auch noch recht hat.

Mit freundlichen Grüßen

Ihr Souverän

ZDF - Politbüro

Sehr geehrte Frau Bundeskanzlerin,

Ihre Sondierungsgespräche gehen mir so langsam auf den Keks, Frau Merkel. Was soll ich denn davon halten? Ich erzähle Ihnen etwas aus meiner Praxis.

Ich war auch mal so ein, wie soll ich es sagen, ein kleiner Verkaufsminister. Wenn ich nach vier Wochen gefragt worden wäre, wie es so läuft und ich geantwortet hätte: Nun mal langsam, die Kunden sind schon echt schwierig und da will ich mich ganz langsam rantasten, ich weiß nicht, ob ich noch eine zweite Chance bekommen hätte, Frau Merkel. Also, meine Einstellung war ungefähr so, Frau Merkel: Man hat mich zum Verkaufsminister gewählt und jetzt hänge ich mich da richtig rein – vom ersten Tag an. Ich bekomme ja auch vom ersten Tag an Gehalt.

Ihre Jamaika-Diplomaten kriegen doch jetzt auch schon Geld, Sie eingeschlossen, Frau Merkel. Kommt etwas Zählbares dabei raus? Null Komma null – niente! Stattdessen vertreten Sie sich auf dem Parlamentsbalkon andauernd die Füße. Und den Scheiß muss ich mir dann auch noch im Fernsehen angucken. Mein Empfinden ist so: Hier funktioniert kaum etwas in Deutschland, das Land ist in einer schweren Krise, dringender Handlungsbedarf auf vielen Feldern, der sich schon vor Jahren abgezeichnet hat. Wer entscheidet etwas? Ich sehe niemanden. Sie etwa, Frau Merkel?

Und das Tollste: Gestern Abend sehe ich das Politbarometer des ZDF-Politbüros. Auf dieser nach oben offenen Schwachsinns-Skala legen Sie sogar um 0,2 Punkte zu. Wie ist das möglich? Habe ich als Souverän Tabletten bekommen? Haben Sie mir etwas eingeflößt und ich habe es nicht gemerkt? Wen die vom ZDF da befragt haben, möchte ich gar nicht wissen.

Morgen erzähle ich Ihnen, was der Lambsdorff von der FDP teilweise für Vorstellungen hat – haarsträubend, sage ich Ihnen.

Mit freundlichen Grüßen

Ihr Souverän

Alexander Sebastian Léonce Freiherr von der Wenge Graf Lambsdorff

Sehr geehrte Frau Bundeskanzlerin,

wie gestern bereits angekündigt, werde ich heute einen Gedankengang von Graf Lambsdorff aufgreifen, den er in der WELT vor zwei Tagen geäußert hat, und Ihnen daraus meine Empfehlung ableiten.

Bevor ich es vergesse: Mir fiel gestern Abend zwischen Saunagang zwei und drei ein, mit welchem Statement Sie demnächst, in der Endlosschleife der Sondierungsgespräche, wahrscheinlich vor die Kameras treten werden bzw. müssen. Sie werden sagen: Liebe Mitbürgerinnen und Mitbürger, ich habe über Jamaika noch einmal völlig neu nachgedacht. Erstens ist Jamaika doch ziemlich weit weg, das Klima ist ätzend tropisch für unsereins und die sind im Schnitt 23,7 Jahre alt, halb so alt wie unser Parlament. Da passt eigentlich ja nichts zusammen. Deswegen erkläre ich Jamaika für gescheitert. Ich spreche noch einmal mit Schulz und Scholz von der SPD, dann kommen die schneller aus ihrer Schockstarre heraus, als ihnen lieb ist. Die spüren dann auf einmal ganz schnell wieder Verantwortung. Frau Nahles wird sagen: Genossinnen und Genossen, wir machen das jetzt doch, und wenn nicht, gibt's auf die Fresse.

So, jetzt zu Lambsdorff, Frau Merkel. Er wird von der WELT gefragt, wie er zum NATO-Ziel, 2 Prozent des BIP für Verteidigung auszugeben, stehe. Seine Meinung ist, dass man mehr machen müsse, für Ausbildung, Ausrüstung, Betreuung. Er glaubt, dass es klüger sei, Diplomatie, Verteidigung und Entwicklungshilfe gemeinsam zu betrachten und dafür künftig 3 % unserer Wirtschaftsleistung auszugeben. Er will Ihnen das wirklich vorschlagen, Frau Merkel. Wenn Lambsdorff damit rüberkommt, sagen Sie ihm, dass Sie bei mir, also Ihrem Souverän, eine zweite Expertenmeinung eingeholt haben.

Zusammenlegen macht keinen Sinn. Warum? Wie soll das funktionieren? Das zweitgrößte Budget ist Verteidigung, mit 34 Milliarden Euro, das Außenamt hat gerade 4,8 Milliarden zur Verfügung und die Entwicklungshilfe haben Sie, Frau Merkel, mit gerade mal 0,7 Prozent in den Büchern stehen. Lambsdorff sagt, dass mal mehr in die Entwicklungshilfe, mal mehr für Verteidigung ausgegeben werden kann – je nachdem, wer zuerst beim Finanzminister anklopft. Und das soll er wahrscheinlich selbst sein.

Das wird der größte Hickhack aller Zeiten. Drei unterschiedliche Ministerien haben Zugriff, ja auf was eigentlich? Lassen Sie es sein, Frau Merkel. Der Lambsdorff ist Diplomat. Für praktisches Handeln ist der nicht geeignet.

Wenn auch die Sozen nicht mitmachen sollten, stünden Neuwahlen an. Einen positiven Aspekt gäbe es auch dann: Ihre Wahlplakate brauchen Sie nur geringfügig ändern. Mein Plakatvorschlag für Sie:
Für ein Deutschland, in dem wir gut und gerne kleben.

Mit freundlichen Grüßen

Ihr Souverän

Verschleppokratie

Sehr geehrte Frau Bundeskanzlerin,

glauben Sie mir, liebend gerne würde ich Sie loben, für Ihre Ausdauer, Ihren Esprit, Ihren Elan, Ihren Schwung und den unbändigen Wunsch, schnellstmöglich eine neue Regierung an den Start zu bekommen. Aber dann müssten Sie ja Angela Macron heißen, nicht wahr? Und was geht tatsächlich ab?

Bündnis90/Die Grünen entscheiden auf ihrem Parteitag am 25. November, ob sie an den Koalitionsverhandlungen überhaupt teilnehmen wollen. Zwei volle Monate nach den Wahlen. Ja, ja, das ist der demokratische Prozess, sagen Sie, Frau Merkel. Ich nenne das Verschleppokratie. Nichts anderes ist das. Außer Spesen nichts gewesen. Ich habe mir die Sondierungspapiere der Grünen durchgelesen. Ganz ehrlich, Frau Merkel, als Souverän habe ich zwar Politik nicht gelernt, aber das, was die Grünen da zu Papier gebracht haben, das hätte man in der Kneipe beim Bier auch zusammenschustern können.

Noch etwas: Ständig lungern die Unter- und Oberhändler auf dem Balkon herum. Gibt's da eigentlich was umsonst? Jeder Hans und Franz kriegt ein Mikro hingehalten, in das er bereitwillig seine Sprechblasen absondert. Es ist wirklich peinlich, was die da oben uns, also dem Volk, zumuten. Die glauben wirklich, dass das gesamte Volk total bescheuert ist. Das ist doch so, Frau Merkel.

Wenn es andersherum wäre, nämlich, dass die verantwortlichen Politiker und Politikerinnen uns ein Höchstmaß an Respekt, Achtung und Wertschätzung entgegenbrächten, dann hätten wir längst eine funktionierende Regierung. Aber so? Eilt ja nicht. Ist ja nur der Steuerzahler, der am Ende die Zeche zahlen muss.

Anders kann ich mir das einfach nicht erklären. Ich habe noch nicht einen einzigen Satz, von wem auch immer, vernommen, der auch nur einen Hauch Substanz erkennen lies. Manchmal wünsche ich mir katalanische Verhältnisse. Wie die Katalanen zu Hunderttausenden auf die Straße gegangen sind – Respekt, kann ich da nur sagen. Dass die gegen Artikel 155 in ihrer Verfassung verstoßen haben, passiert schon mal im Eifer des Gefechts, Frau Merkel.

Jetzt stellen Sie sich als geschäftsführende Kanzlerin auch vors Mikro und klären mich auf. Bin ich Ihnen das nicht wert?

Mit freundlichen Grüßen

Ihr Souverän

Kubicki nuschelt

Sehr geehrte Frau Bundeskanzlerin,

meine Frau und ich sind für eine Woche in Rheinland-Pfalz und Hamburg unterwegs. Deswegen kann ich Ihnen heute nur etwas verkürzt raten, was in den Sondierungsgesprächen zu bequatschen ist. Lindner und Kubicki wollen das Finanzministerium. Auf Teufel komm raus. Mein Rat: Geben Sie es denen ruhig. Soll der Lindner doch mal zeigen, was er kann. Der Kerl ist doch jung und hat vielleicht brauchbare Ideen. Kubicki sollte etwas anderes machen. Der nuschelt mir in letzter Zeit zu sehr. Ähnlich wie früher Koschnick aus Bremen. Ein Finanzminister darf alles, nur nicht nuscheln. Und lassen Sie das Ministerium so wie es ist. Nicht beschneiden. Das gäbe doch noch mehr Kuddelmuddel.

Wissen Sie, was ich gestern in der ZEIT gelesen habe? Halten Sie sich fest: Eine ZEIT-Journalistin glaubt auch, dass gesunder Menschenverstand in der Politik förderlich ist. Das ist doch genau meine Rede, Frau Merkel. Ich glaube, die hat von mir abgeschrieben.

So, es tut mir leid, Frau Merkel, dass ich mich nur kurz an Sie wenden konnte, aber ich muss jetzt schließen für heute.

Mit freundlichen Grüßen

Ihr Souverän

Balkongestöber

Sehr geehrte Frau Bundeskanzlerin,

bis jetzt höre ich nur von Sondierungsgesprächen und Balkongestöber. Am 16. November 2017 sollen die Sondierungen beendet sein. Dann machen Sie ernst mit den Koalitionsverhandlungen.

Zeit auch für mich als Souverän eine kleine Zwischenbilanz zu ziehen. Seit dem Beginn der sogenannten heißen Wahlkampfphase Ende August, bin ich mit Ihnen, Frau Merkel, in Kontakt getreten. Meinungen, Ratschläge erhielten sie bis heute in dreifacher Ausfertigung. Alles, was ich geschrieben habe, war mein voller Ernst.
Nicht, dass Sie denken, ich scherze. Jeden, aber auch wirklich jeden Facebook-Beitrag habe ich kopiert und an ihre E-Mail gesendet und zusätzlich an ihre Postadresse in Berlin geschickt. Was mich das allein an Zeit gekostet hat. 27,30 EUR Porto habe ich bis jetzt investiert. Von drei Seiten, so habe ich gedacht, sind Sie von mir kommunikativ umzingelt worden und können mir nicht entkommen. Irgendwer wird das doch lesen, glaubte ich.

Doch Sie sind echt clever, Frau Merkel. Immer entwischen Sie mir. Neununddreißig Mal habe ich Ihnen geschrieben, Sie zu mir nach Hause eingeladen. Nichts. Keine Reaktion.

Die schlechte Nachricht, Frau Merkel, ist: Ich bleibe am Ball. Die gute Nachricht ist: Wenn Sie mich, also Ihr Volk, persönlich kennenlernen wollen: Heute Mittag um Punkt 13:00 Uhr stehe ich auf dem Balkon und zeige mich für ein paar Minuten. So, wie Sie das auch machen. Ein bisschen verschämt in die Kameras grinsen und Abmarsch. Gut, in die Kameras brauch' ich nicht zu grinsen. Es sind ja keine da und so wichtig bin ich als Volk ja nun auch wieder nicht..

Mit freundlichen Grüßen

Ihr Souverän

Der Soli bleibt

Sehr geehrte Frau Bundeskanzlerin,

bevor es ins Wochenende geht, nur noch ein wichtiger Ratschlag von meiner Seite. Thema: Solidaritätszuschlag!
Bevor ich Ihnen sage, was richtig ist, möchte ich kurz skizzieren, was das mit mir im Laufe der Jahrzehnte gemacht hat. Zuerst war ich nicht amüsiert, dass mein Staat mich zur Kasse gebeten hat. Dann habe ich es jedoch eingesehen, dass wir alle mithelfen müssen, die neuen Bundesländer aufzubauen. Nach zirka 15 Jahren war ich der Meinung, dass es nun aber langsam reiche. Dass 2019 wie versprochen Schluss ist – mir war es recht.

Frau Merkel, ich habe nun meine Meinung geändert. Wenn ich mir im Detail nur einmal ganz grob anschaue, wo hier der Schuh in Deutschland drückt, dann können wir es uns gar nicht erlauben, auf die Milliarden des Soli zu verzichten. Sie müssen den Soli nur anders nennen. Bildung, Digitalisierung, Ausweitung der Mütterrente, Kosten des Brexit, usw. Das muss doch alles finanziert werden, Frau Merkel. Trotz sprudelnder Steuern ist doch immer noch zu wenig Geld da. Jetzt stehen schon Summen von 100 Milliarden Euro im Raum, die gebraucht werden. Und da will die FDP den Soli abschaffen. Bravo. Ich dachte, die können rechnen? Sie selbst, Frau Merkel, haben doch mehrmals gesagt, dass wir auf den Soli nicht verzichten können. In diesem Punkt, glaube ich, haben Sie recht. Geben Sie dem Lindner das Finanzministerium trotzdem, aber unter der Bedingung, dass der Soli bleibt. Das redet der sich dann schon schön. Der drückt dann bei der Digitalisierung ein bisschen auf die Tube – und zack. Freund Kubicki auf dem Posten ist nicht so gut vermittelbar, der vertritt doch diesen einen Typen, der in diesen Cum-Ex-Geschäften verwickelt ist. Unappetitliche Geschichte.

Bitte verschonen Sie mich mit dem Altmeier. Der ist von Haus aus Jurist. Da habe ich ein ganz schlechtes Gefühl, Frau Merkel.

So, und dann schauen Sie sich endlich mal diese ganzen unsinnigen Subventionen an. Über 22 Milliarden. Jedes Jahr. Wenn Sie nur die Hälfte kippen, sind das locker zusätzlich 10 Milliarden in der Kasse. Wir brauchen hier doch jeden verflixten Euro, um den Laden fit zu kriegen.
Nehmen Sie das mit ins Wochenende: Der Solidaritätszuschlag bleibt – auch wenn's weh tut.

Mit freundlichen Grüßen

Ihr Souverän

Historischer Scheiß

Sehr geehrte Frau Bundeskanzlerin,

heute muss ich mich wirklich überwinden, Ihnen zu schreiben. Was soll ich Ihnen immer wieder raten? Weniger Ausgaben im Verteidigungshaushalt vorzusehen? Hatte ich schon. Und jetzt haben Sie die Ständige Strukturierte Zusammenarbeit (SSZ) oder auch PSC genannt, abgehakt.
Von der Leyen spricht von einem großen Tag für Europa und Gabriel sieht sogar einen Historischen Schritt. Mit Historischem kennt Gabriel sich ja bestens aus. Erst hatte er es mit zu verantworten, dass seine SPD ein historisches Wahldebakel hinnehmen musste, und jetzt unterzeichnet er dieses Dreckspapier. Das ist historischer Scheiß, Frau Merkel.

Ich will nur mal ein Projekt herausgreifen: Sanitätskommando. Also, die Mullbinden kommen aus Polen, Wundsalbe aus Griechenland und Feldbetten aus Luxemburg. Oder wie geht das, Frau Merkel? Gemeinsames Exzellenzzentrum, gemeinsame Kampfeinheiten, gemeinsames Geldausgeben.

Was ist die höchste Erhebung in Europa, Frau Merkel? Nein, nicht das Bundeskanzleramt. Es ist der Mont Blanc. Auf dem stehe ich als Souverän, und was sehe ich? Ich sehe einen riesengroßen Sandkasten, in dem unreife europäische Männeken mit Förmchen, Schaufeln und Eimerchen spielen. Ab und zu kommt Ulla mit der Gießkanne und düngt.

Zu allem Überfluss hat man sich auch noch darauf geeinigt, jedes Jahr die Militärausgaben zu erhöhen. Ja, da sind sie sich schnell einig, wenn es darum geht, das Geld hart arbeitender Leute für solche Unsinnsprojekte zu verteilen. Gabriel glaubt sogar, dass man mit PSC Geld sparen könne. Das sagt der tatsächlich in die Kameras. Glauben Sie das auch, Frau Merkel?

Wir können wirklich von Glück sprechen, dass wir keine anderen Probleme haben: Bildung? Pflege? Altersarmut? Digitalisierung? Klimaschutz? Flüchtlinge? Arbeitslosigkeit? Alles im grünen Bereich, sagen Sie, Frau Merkel. Sie wüssten nicht, was Sie anders machen sollten in der neuen Regierung.

Da hätte ich einen Vorschlag, Frau Merkel: Gar nicht erst antreten!

Mit freundlichen Grüßen

Ihr Souverän

Das Wunder von Berlin

Guten Morgen, Frau Merkel,

sie schlafen sicher noch. Jamaika-Sondierungen bis in den frühen Morgen. Was ich nicht verstehe, Frau Merkel, ist, dass schon Wochen vorher feststeht, ob die Gespräche bis tief in die Nacht dauern werden, oder nicht.
Wer schreibt Ihnen eigentlich dieses Drehbuch, Frau Merkel? Ich tippe auf Sönke Wortmann. Die Sondierungsgespräche werden sicherlich verfilmt. Titel des Films: Das Wunder von Berlin.

Frau Merkel, jeder, der bis drei zählen kann, weiß, dass nächtliche Sitzungen zu nichts Brauchbarem führen. Warum liegen Sie nicht im Bett und schlafen sich aus? Es geht doch um Deutschland. Nur wenn man hellwach ist, verhandelt es sich gut. Doch nicht nachts!

Ist doch kein Wunder, dass Ihre Viererbande erneut ran muss. Machen Sie das jetzt endlich besser und treten das nächste Mal bis spätestens 15:00 Uhr vor die Kameras. Dann bin ich auch noch hellwach.

Mit freundlichen Grüßen

Ihr Souverän

Bambi für Gabriel

Sehr geehrte Frau Bundeskanzlerin,

keine Sorge, am frühen Morgen will ich Ihnen nicht schon wieder reinpfuschen und fragen: Heute schon sondiert? Nein, nur mal so kurz zwischendurch: Es laufen doch noch ein paar geschäftsunfähige SPD-Minister herum. Die sind alle in einer Endlosschleife auf Abschiedstournee. Die dürfen, wollen und können nichts mehr entscheiden. Nur im Notfall. Wie bei der Tour de France. Am letzten Tag in Paris steht vorher schon fest, wer die Tour gewinnt, keiner tut mehr dem anderen weh und man schlürft schon mal ein Gläschen Champagner auf dem Rennrad.

Und bei der SPD? Der Gewinner der Loser ist natürlich Gabriel. Wer sonst. Bevor der komplett in der Versenkung verschwindet, stänkert er noch ein bisschen mit den Saudis rum und überreicht in Berlin einen Bambi an Ai Weiwei. Der Konzeptkünstler und der Konzeptlospolitiker auf der Bühne. Am liebsten hätte Gabriel sich den Bambi selbst verliehen.

Frau Merkel, jetzt geben Sie endlich Gas. Wie lange soll das denn noch dauern? Nächste Woche sind drei Monate vergangen. Volle drei Monate wird hier nichts mehr entschieden. Überhaupt nichts.

Klimakonferenz in Bonn? Es wurde eine Allianz für den Kohleausstieg gebildet. Nicht mit dabei: Deutschland! Musste Bundesumweltministerin Barbara Hendricks (SPD) leider ablehnen. Man könne nicht im Vorgriff auf eine neue Regierung entscheiden. Tja, da hat das Klima eben Pech gehabt.

Drei Monate sondieren Sie jetzt. Also, was Sie so sondieren nennen. Dabei hat ein Jahr nur zwölf Monate. Bis zu einem Koalitionsvertrag dauert es doch noch einmal eins bis zwei Monate. Das macht mich echt fertig, Frau Merkel.

Bin sehr gespannt, was Sie am Sonntag um 18:00 Uhr mir, Ihrem Souverän, verkünden wollen. Wenn Sie stark sind, Frau Merkel, gucken Sie mir dabei fest in die Augen. Ich gucke zurück!

Mit freundlichen Grüßen

Ihr Souverän

Palavermentarische Gesellschaft

Sehr geehrte Frau Bundeskanzlerin,

heute um 18:00 Uhr müssen Sie ja vor die Mikros. Jetzt sitzen Sie wahrscheinlich in der Palavermentarischen Gesellschaft. Als Souverän dieser Republik schreibe ich Ihnen jetzt auf, was Sie sagen sollen, Frau Merkel. Irgendeiner von Ihren Bürohengsten wird Ihnen doch nachher meinen Facebook-Beitrag ausgedruckt haben und auf dem Silbertablett vor Ihnen auf den Tisch legen. Also, Sie sagen bitte folgendes in die Kameras:

Wir haben heute etwas beschlossen, was wir noch nie gemacht haben. Wir haben uns jetzt am Schluss, als wir die Verantwortung für dieses Land besonders stark gespürt haben, am Wählerwillen orientiert. Das haben wir eigentlich noch nie gemacht. Die FDP macht sich besonders stark dafür, die Hemmnisse für mehr Wachstum abzubauen und die Digitalisierung zu forcieren. O.k., habe ich gesagt, ihr habt gut 10 Prozent der Wähler hinter euch. Haken dran. Sind eure Wähler zufrieden. Die Grünen sind für mehr Klimaschutz, Familiennachzug bei Flüchtlingen. O.k., habe ich gesagt. Ihr habt fast 10 Prozent der Wähler hinter euch. Haken dran. Sind eure Wähler zufrieden. Meine Schwester CSU will Flüchtlingszahlen begrenzen und mehr bei der Mütterrente punkten. O.k., habe ich gesagt. Ihr habt fast 7 Prozent der Wähler hinter euch. Haken dran. Sind eure Wähler immer noch nicht zufrieden. Ich von der CDU habe gesagt, dass ich die Bürokratie abbauen möchte und unsere europäische und kommunale Heimat weiter stärken werde. O.k., habe ich selbst gesagt. Ich habe gut 30 Prozent der Wähler hinter mir. Haken dran. Sind meine Wähler zufrieden. Ohne dass ich uns jetzt über den grünen Klee loben möchte, fanden wir, dass das eine geniale Idee ist. Wann hat es das jemals gegeben? Am Montag beginnen wir sofort mit den Koalitionsverhandlungen. Dann verteilen wir die Ministerposten. Das kann dann noch einmal etwas dauern. Dafür möchte ich aber schon jetzt um Verständnis bitten. Vielen Dank. Ach so, es gibt noch einen kleinen, netten Nebeneffekt, den ich Ihnen, meine Damen und Herren nicht vorenthalten möchte.

Dadurch, dass wir uns geeinigt haben, ist die SPD komplett überflüssig geworden.

Ich wünsche Ihnen noch einen schönen Sonntagabend.

Mit freundlichen Grüßen

Ihr Souverän

Sondierungen –
Klappe, die nächste!

Kingston Town, Rum und Usain Bolt

Sehr geehrte Frau Bundeskanzlerin,

Jamaika war doch zu weit weg. Die Lebens- und Gestaltungsfreude auf Jamaika kann man auch nicht auf Deutschland übertragen. Das lassen wir uns einfach nicht bieten. Sie haben das verbockt, Frau Merkel. Sie ganz alleine. FDP-Chef Lindner war doch nur der Überbringer der schlechten Nachricht.

Ihnen ist es nicht gelungen, die Sonderbardierungsgespräche zu moderieren und die Enden zusammenzuführen. Das war Ihre Aufgabe als geschäftsführende Bundeskanzlerin.

Und jetzt, Frau Merkel? Bundespräsident Steinmeier wartet schon. Minderheitsregierung? Neuwahlen? Als Souverän glaube ich, dass eigentlich die Minderheitsregierung für uns als Demokratie der beste Weg wäre. Dann müssen Sie sich für alle Gesetzesvorhaben wechselnde Mehrheiten zusammenkratzen. Vielleicht bekämen wir dann mal eine richtige Debattenkultur. Andererseits kann ich mir das auch nicht so recht vorstellen, wenn ich mir Ihren politischen Hühnerhaufen in den letzten Wochen so ansehe. Und Ihr Ding, Frau Merkel, ist das auch nicht.

Was mich maßlos ärgert und wütend macht ist, dass alle glauben zu wissen, wie der Wähler tickt. Was soll das?
Nichts hat der Wähler erteilt, Frau Merkel. Woher nehmen Sie alle diese Unverfrorenheit?

Das Einzige, was ich mir gewünscht habe, ist, dass Sie etwas Vernünftiges für mein Land auf die Beine stellen.

Und außerdem: Wenn ich an Jamaika denke, denke ich an Kingston Town, Rum und Usain Bolt. Das konnte auch nicht passen.

Mit freundlichen Grüßen

Ihr Souverän

20. November 2017
13:45 Uhr

Das ist bitter

Sehr geehrte Frau Bundeskanzlerin,

ich weiß, Sie sitzen ja gerade beim Bundespräsidenten auf dem Schoß.

Wissen Sie, was noch schlimmer ist, als dass Sie Jamaika vor die Wand gefahren haben? Schalke 04 steht vor Borussia Dortmund in der Tabelle. Das ist bitter.

Mit freundlichen Grüßen

Ihr Souverän

Drei Optionen

Sehr geehrte Frau Bundeskanzlerin,

schöne Scheiße, was, Frau Merkel? Die FDP haben Sie schon mal erfolgreich vergrault. Der Lindner war Ihnen doch nicht ganz geheuer. Einfach zu viel Elan, zu jung, zu ehrgeizig. Ich weiß es nicht. Da war Ihnen Frau Göring-Eckhardt schon lieber. Kommen Sie doch beide aus demselben Stall. Das verbindet, auch ohne Mauer. Sagen Sie mir, wenn ich falsch liege. Ich konnte jetzt auch mal zwei Tage über den ganzen Schlamassel, den Sie mir eingebrockt haben, schlafen. Wenn Sie mich vielleicht nur ein einziges Mal ernst nehmen würden, dann schlüge ich Ihnen folgendes vor. Sie haben mindestens drei Optionen.

Erstens: Neuwahlen – das scheidet doch aus, Frau Merkel. Was soll sich da in so kurzer Zeit dramatisch verändern? Nichts! Hier ein Prozentpünktchen rauf, da eins runter. Vergessen Sie es. Kostet nur Geld.
Zweitens – GroKo mit der SPD? Verschonen Sie mich bitte mit einem GroKo-Aufguss. Die Sozen kriegen doch nun reinweg gar nichts mehr auf die Kette. Wenn ich den Schulz schon sehe, dreht sich mir der Magen um. Echt, Frau Merkel.
Drittens: Minderheitsregierung – das fände ich unter diesen Umständen noch das Beste. Dann können Sie so ganz nebenbei ein bisschen Demokratie lernen, also echte Demokratie, mit Debatten führen und so. Vielleicht machen ja ein paar von den 709 Abgeordneten mit.

Ich sehe schon, wie Strauß und Wehner sich vor Lachen die Schenkel blutig schlagen.

Wir sehen uns.

Mit freundlichen Grüßen

Ihr Souverän

Rote Karte für Schmidt (CSU)

Sehr geehrte Frau Bundeskanzlerin,

was ist hier eigentlich los, Frau Merkel? Es ist jetzt 13:51 Uhr und Ihr Landwirtschaftsminister Schmidt (CSU) ist immer noch im Amt. Da entscheidet der im Alleingang, dass das Unkrautvernichtungsmittel Glyphosat für weitere fünf Jahre eingesetzt werden darf. Wieso schmeißen Sie den nicht raus, Frau Merkel? Das ist doch ein Grund für eine fristlose Kündigung. Ich fasse es nicht. Es ist einfach unglaublich, was der Schmidt sich erlaubt. Kriegt der von der Glyphosatindustrie eine Unkrautprämie, oder was?
Dass der sich mal mit seiner Kollegin Hendricks (SPD) abstimmt, hat er ja überhaupt nicht nötig. Und dass ich vielleicht an Krebs erkranke – scheißegal. Ich bin ja nur das Volk. Mich muss man ja ohnehin nicht fragen, bin ich doch längst zum Stimmvieh verkommen, Frau Merkel.

Ich will es noch einmal wiederholen, Frau Merkel: Entlassen Sie den Schmidt – sofort! Ich ertrage Ihre Entscheidungslosigkeit nicht länger. Die Krebsforschungsagentur der Weltgesundheitsorganisation hat doch schon vor über zwei Jahren Glyphosat als "wahrscheinlich krebserregend" eingestuft. Macht doch nichts, oder? Ernte verbessern – Gesundheit verschlechtern. So geht das. Dass die Ackerflächen, Kräuter, Gräser, Insekten, Vögel darunter leiden??? Auch egal. Die sollen sich mal nicht so anstellen. Sogar das Umweltbundesamt, immerhin eine Bundesbehörde, warnt auch schon. Warum eigentlich? Können die sich doch sparen, Frau Merkel. Der Schmidt ist in seiner eigenen Welt unterwegs.

Habe ich nicht schon längst ein Ministerium für gesunden Menschenverstand gefordert, Frau Merkel? Der Schmidt hätte in diesem Ministerium Hausverbot – lebenslang.
Was sagt eigentlich der Seehofer zu seinem Minister Schmidt, Frau Merkel? Lassen Sie mich raten. Der sitzt zu Hause im Keller und spielt mit der Eisenbahn, wetten?
Warum stoppen Sie den Schmidt nicht, Frau Merkel. Stellen Sie dem Schmidt ein Glas Glyphosat auf den Tisch und sagen: Los, trink jetzt! Da wäre ich mal gespannt. Und was macht die Hendricks von der SPD? Das einzige, was man hört, ist, dass sie fehlende Abstimmung beklagt und dass man so nicht regieren könne. Ach Gottchen. Wieso scheuert die dem Schmidt nicht mal eine? Dann schnellt die SPD in den Umfragen gleich wieder um fünf Punkte nach oben und die Hendricks kommt auch noch in die Geschichtsbücher. So wie die Klarsfeld damals, als sie dem Kiesinger eine geklatscht hat.

Eigentlich wollte ich mit Ihnen heute über einen Film sprechen, den ich vorgestern gesehen habe. Konzerne als Retter? Sie sind ja morgen beim EU-AU-Gipfel in der Elfenbeinküste. Das hätte sehr gut gepasst. Mal sehen, wenn ich morgen früh etwas Zeit habe, melde ich mich.

Ich flehe Sie an, Frau Merkel. Geben Sie dem Schmidt die Entlassungsurkunde, von alleine geht der nicht.

Mit freundlichen Grüßen

Ihr Souverän

Pizza für Afrika

Sehr geehrte Frau Bundeskanzlerin,

letzte Woche waren Sie doch bei diesem EU-AU-Gipfel in Afrika. Wie kann man Afrika helfen? Die Migration aus Afrika eindämmen, war das herausragende Ziel.
Ich finde ja, den Hunger zu bekämpfen, sollte das eigentliche Ziel sein. Das haben Sie schon vor der UN-Vollversammlung 2015 erklärt, Frau Merkel, dass der Hunger weltweit bis 2030 abzuschaffen ist. Wissen Sie, was das in Wirklichkeit ist? Eine Absichtserklärung, mehr ist es leider, leider nicht.

Auf unserem Kinofest habe ich einen sehr interessanten Film gesehen, der dieses Thema aufgreift. Der Film heißt: Konzerne als Retter? – das Geschäft mit der Entwicklungshilfe. Gucken Sie sich den unbedingt mit Ihrem Wirtschaftsminister an, dann verstehen Sie vieles besser. Nur eines von sieben Beispielen in dem Film möchte ich kurz anreißen. Dr. Oetker liefert Tiefkühlpizza nach Afrika. Unterstützt mit Geld aus der Bundesentwicklungshilfe. Es werden Kühlhäuser gebaut. Tiefkühlpizza kostet in Afrika acht Euro. Hier bei uns ungefähr ein Drittel. Pizza in Afrika kann sich nur die Oberschicht leisten. Zwei Millionen Euro Entwicklungsgelder fließen nicht zur Unterstützung in die lokale Produktion von sinnvollen Lebensmitteln, sondern forcieren den Import ausländischer Unternehmen.

Dies ist nur ein kleines Beispiel, Frau Merkel. Wenn Sie die Repräsentantin der Deutschen Bank dazu im Film noch hören, dann wissen Sie, dass es nur um Profit geht. Den Menschen tatsächlich zu helfen und den Hunger wirksam zu bekämpfen, ist für die bestenfalls ein angenehmer Nebeneffekt.

Im Film ist sehr deutlich geworden, dass man Millionen von Kleinbauern direkt helfen müsste, ihre Böden mit sinnvollen Früchten zu beackern, statt z. B. Kaffee anbauen zu lassen, den man nicht essen kann, wie im Film gezeigt wird.

Als Souverän muss ich davon ausgehen, dass Ihnen diese gesamte Bandbreite der Problematik in Afrika nicht bekannt ist. Wie soll ich es mir sonst erklären, dass Sie unser Geld, welches ja auch meines ist, in Kanäle stopfen, die ziemlich intransparent und ineffektiv agieren.
Kümmern Sie sich bitte jetzt darum und laden sich bei Youtube den Film herunter. Noch haben Sie die Zeit. Bis die SPD aus dem Quark kommt, kann das noch dauern.

Mit freundlichen Grüßen

Ihr Souverän

Wenn ich Kanzler wäre

Sehr geehrte Frau Bundeskanzlerin,

wenn ich Kanzler wäre, wüsste ich, was jetzt zu tun ist. Am Montag, den 11. Dezember 2017 lüde ich die Presse ein und würde Folgendes verkünden:

Die SPD hat auf ihrem Parteitag beschlossen, noch einen Sonderparteitag irgendwann im Januar 2018 abzuhalten. Auf dem wird beschlossen, dass irgendetwas beschlossen werden soll. Vielleicht heißt das ja, dass die SPD mit uns von der CDU/CSU Sondierungsgespräche führen möchte. Sollten diese Sondierungsgespräche tatsächlich zu einem Ende führen, was sehr unwahrscheinlich ist, da die SPD gerne ergebnisoffen diskutiert, dann berufen die noch einen Sonderparteitag ein und beschließen, dass es dann zu Koalitionsverhandlungen kommen könnte.

Wenn ich auch noch höre, dass die mich erpressen wollen, bestimmte Themen auf Deubel komm raus durchzuboxen, darauf habe ich echt keinen Bock. Das wird Murks hoch drei.

Also, liebe Vertreter der Medien, das alles ist mehr als ungewiss. Deshalb werde ich doch in den sauren Apfel beißen und eine Minderheitsregierung organisieren. Jetzt habe ich endgültig die Faxen dicke. Ist bestimmt noch einfacher, als eine GroKo mit den Enkeln von Herbert Wehner. Wissen sie, ich kenne meine Schwächen. Es gehört nun mal nicht zu meinen Stärken, etwas zu entscheiden. Nun stellen sie sich bitte vor, wie sich das in einem neuen GroKo-Aufguss ausgewirkt hätte: Die SPD diskutiert immer ergebnisoffen, ruft Sonderparteitage ein und befragt die Mitglieder und ich, Angela Merkel, entscheide nichts.

Bitte notieren sie sich in ihre Blöcke: Keine Neuwahlen, keine Groko. Minderheitsregierung. Da habe ich die Jusos schon mal auf meiner Seite. Vielen Dank und noch einen schönen Tag.

Frau Merkel, ich glaube, wenn Sie so vor die Presse treten, versteht das – außer der SPD – jeder.

Mit freundlichen Grüßen

Ihr Souverän

156 Krankenkassen – wie krank ist das denn?

Sehr geehrte Frau Bundeskanzlerin,

so, morgen soll es also mit der SPD, wieder mal, Gespräche geben. Wenn ich Sie richtig verstanden habe, ist nach wie vor eine Minderheitsregierung für Sie tabu. Koko kommt auch nicht infrage, genauso wenig wie Neuwahlen.

Also noch eine GroKo. Wenn es denn nicht anders geht. Mein Gott, dann machen Sie mal endlich hinne.

Ein Thema wird ja besonders spannend: Bürgerversicherung. Darauf stehen die Roten. Sie, Frau Merkel, scheuen die Bürgerversicherung wie der Teufel das Weihwasser. Aus meiner überparteilichen Sicht sehe ich das so, Frau Merkel: Dafür spricht, dass das Solidarprinzip gestärkt wird, vielleicht gibt es sogar eine höhere Versorgungsqualität. Andererseits könnte der demografische Faktor Probleme bereiten, u. U. steigen die Lohnnebenkosten. Es gibt viele weitere Aspekte, die dafür und dagegen sprechen.
Tun Sie mir bitte nur einen Gefallen, Frau Merkel: Versuchen Sie nicht, als Gewinnerin aus der Nummer herauszukommen. Das sollte die SPD auch tunlichst vermeiden. Der Einzige, der hierbei gewinnen darf, ist die Gesellschaft. Denken Sie das also von Volkes Seite her, ausnahmsweise.

Wenn Sie schon mal beim Thema sind, stellen Sie die Frage in den Raum, warum Deutschland 112 gesetzliche Krankenkassen und 44 private Anbieter benötigt. Warum muss ich denn den Wettbewerb der Krankenkassen untereinander auch noch mitfinanzieren? Ihr Jens Spahn findet das ja total toll. Ich finde das total überflüssig. Haben wir denn nicht schon genug Wettbewerb in Deutschland?

Und bitte, Frau Merkel, tun Sie mir einen Gefallen: Kommen Sie jetzt endlich in die Pötte.

Ich bin doch als Souverän nicht der Einzige, der jetzt endlich wieder eine Regierung haben möchte. Die halbe Welt schaut auf Sie. Ist Ihnen das eigentlich völlig wurscht?

Mit freundlichen Grüßen

Ihr Souverän

Afghanistan und kein Ende in Sicht

Sehr geehrte Frau Bundeskanzlerin,

Deutschland wird auch am Hindukusch verteidigt, meinte Peter Struck, früherer Verteidigungsminister. Was für ein Unsinn! Seit sechzehn Jahren ist die Bundeswehr in Afghanistan. Sechzehn verlorene Jahre.
Und jetzt? Frau von der Leyen lässt sich von der Nato, Herrn Trump und unseren Soldaten erzählen, dass man mehr machen könne und das Personal von derzeit 980 Soldaten aufgestockt werden müsste. Zufällig ist Gabriel auch am Hindukusch.

So wird schon mal der Boden bereitet, wenn über eine erneute Verlängerung des Mandates diskutiert und beschlossen wird.

Was, glauben Sie, käme bei einer Volksbefragung heraus, Frau Merkel?
Wieso höre ich von Ihnen dazu nichts, Frau Merkel? Sie stimmen dem sicher zu, vermute ich. Mein Gott, was hat die Waffen-Lobby da wieder gut vorgearbeitet. Gibt es einen Menschen auf diesem Erdball, der mir die Sinnhaftigkeit dieses Einsatzes mal erklärt? Ich verstehe es nämlich nicht.

Mit freundlichen Grüßen

Ihr Souverän

Frohes Neues Jahr

Sehr geehrte Frau Bundeskanzlerin,

unsere Kommunikation hat sich seit Ende August 2017 als eine äußerst einseitige Angelegenheit entpuppt. Dennoch möchte ich Ihnen ein frohes neues Jahr wünschen.

Mit freundlichen Grüßen

Ihr Souverän

Maskenbildnerin

Sehr geehrte Frau Bundeskanzlerin,

vor dreißig Minuten meldete die Journalistin des ARD-Morgenmagazins im Fernsehen, dass die Maskenbildnerin der Kanzlerin das Gebäude betreten hat. Also Ihre Maskenbildnerin, Frau Merkel.

Nachdem Sie nun seit fast 24 Stunden sondieren, stellt man Sie gleich geschminkt vor die Kameras, oder wie darf ich mir das vorstellen. Sie wollen also den Eindruck erwecken, dass Sie auch nach den härtesten Verhandlungen, die man sich vorstellen kann, aussehen wie der junge Morgen.

Es reicht völlig aus, wenn Sie die Damentoilette aufsuchen und sich einmal kurz mit kaltem Wasser das Gesicht waschen. Jetzt muss ich von meinem Steuergeld auch noch Ihre Maskenbildnerin berappen.

Übrigens: Ich, als Ihr Souverän, hatte eine gute Nacht. Als Volk kann ich mir nämlich solche Eskapaden nicht erlauben. Ich sorge tagtäglich dafür, dass der Laden brummt, damit Sie dann plakatieren können: Für ein Deutschland, in dem wir gut und gerne leben.
Die Wahrheit hätte etwas anders ausgesehen: Für ein Deutschland – in dem wir kleben. Aber wer will schon die Wahrheit hören?
Bitte treten Sie noch heute von all Ihren Ämtern zurück!

Mit freundlichen Grüßen

Ihr Souverän

15. Januar 2018
12:19 Uhr

Yello Submarine

Sehr geehrte Frau Bundeskanzlerin,

jetzt ist es endgültig vorbei. Sie lassen sich von den SPD-Losern vorführen. Das Heft des Handelns hat die Kindergarten-Crew der Sind-Pappnasen-Dabei-Partei übernommen. Geht's noch?
Das machen Sie doch nicht etwa mit, Frau Merkel, oder? Packen Sie Ihre Siebensachen zusammen und verlassen das sinkende Schiff. Rien ne va plus. Schauen Sie aus dem Reichstag, dort steht auf der Wiese schon ein U-Boot und wartet auf Sie. An Bord begrüßt Sie Kaleu Christian Lindner. Er verfügt über Erfahrung mit Untergängen.

Und dann singen Sie alle zusammen:

We all live in a Yellow Submarine, Yello Submarine, Yellow Submarine, We all live in a Yellow Submarine, Yellow Submarine, Yellow Submarine

Heute Mittag will der österreichische Bundeskanzler einen Antrittsbesuch bei Ihnen machen. Legen Sie einen Zettel auf Ihren Schreibtisch und schreiben Sie ihm eine kleine Notiz: Lieber Sebastian, ich bin abgetaucht.

Mit freundlichen Grüßen

Ihr Souverän

Ich taufe dich auf den Namen..

Frau Merkel, ich bin's nochmal,

fast hätte ich vergessen, auf welchen Namen ich das U-Boot, Yellow Submarine, das gerade dabei ist, in den Fluten Europas und der Welt unterzugehen, getauft habe:

Deutschland

Mit freundlichen Grüßen

Ihr Souverän

Die Rückkehr der Groko-Ritter

Deutschland – ein einziger Tränenpalast

Guten Abend, Frau Merkel,

dies ist nun mein 57. und letzter Versuch mit Ihnen zu kommunizieren. Sechsundfünfzig Mal habe ich über Facebook gepostet, sechsundfünfzig Mal E-Mails gesendet und sechsundfünfzig Mal Briefe geschickt. 39,90 Euro Porto hat mich das gekostet. Meine Vorschläge, wie Sie aus mei-ner, also aus Sicht des Souveräns, regieren sollten, wofür Geld zu investieren dringend geboten wäre und wo Sie das Budget kürzen müssten, haben Sie unbeantwortet gelassen. Ich habe Sie zu mir nach Hause eingeladen – keine Reaktion. Wenigstens hätten Sie sich zu einer Absage durchringen können. Das ist wohl Ihr Verständnis von Anstand. Sich mit Ihrem Volk zu beschäftigen, ist ja auch wirklich lästig.

Sie unterhalten eine riesige Poststelle in Berlin, wie ich gesehen habe. Was machen die eigentlich den ganzen Tag, Frau Merkel? Schmeißen die die eingehende Post gleich ungeöffnet in die Papiercontainer? Und wenn jemand die Briefe liest, was macht der Brieföffner dann? Gibt er sie an die nächsthöhere Dienststelle, seinem Oberbriefsekretär? Wie geht es weiter? Irgendeiner aus dem Briefbunker muss doch veranlassen: Hier, die Briefe dieses selbsternannten Souveräns, die können vernichtet werden. So ähnlich wird es wohl sein, vermute ich.

Frau Merkel, kennen Sie eigentlich die Steigerung von Arroganz?

Viele Vorschläge aus der Wirtschaft, Kultur und Wissenschaft, anderen Ländern, die es wert sind, diskutiert und umgesetzt zu werden, prasseln auf Sie herein. Tagtäglich.

Was machen Sie, Frau Merkel? Sie sitzen in Ihrem Wolkenkuckucksheim und wissen nicht mehr weiter. Es ist zum Heulen.

Deutschland – ein einziger Tränenpalast!

Seit heute Nachmittag steht fest, dass die Regionalliga-Partei, SPD, mit Ihnen Koalitionsverhandlungen aufnehmen will. Mir dreht sich der Magen um. Schade um Deutschland, schade um Europa. Schade um mich.

Mit freundlichen Grüßen

Ihr Souverän

Rücktritt vom Rücktritt

Sehr geehrte Frau Bundeskanzlerin,

leider muss auch ich, wie viele Künstler, den Rücktritt vom Rücktritt erklären. Nachdem Sie die direkte Kommunikation mit mir, Ihrem Souverän, noch immer verweigern, sehe ich mich leider gezwungen, mich erneut an Sie zu wenden. Es steht einfach zu viel auf dem Spiel.

Bevor Sie nun, Frau Merkel, den Koalitionsvertrag mit der SPD unterschreiben, denken Sie an Folgendes: Die SPD möchte ja wohl Martin Schulz entweder das Außenministerium oder das Finanzressort geben. Als Fachmann kann ich da nur sagen: Hände weg!

Auf keinen Fall das Finanzministerium an die SPD. Einer Partei, in der das Spitzenpersonal Probleme damit hat, Brutto von Netto zu unterscheiden, darf kein Geld in die Hand gegeben werden. Damals war es Scharping – heute ist es Schulz. Sagen Sie dem Schulz, dass er den Unterschied zwischen Brutto und Netto erklären soll. Wissen Sie, was er dann macht, Frau Merkel? Ich verrate es Ihnen. Er wird sagen, dass er für die Antwort einen Parteitag einberufen wird und drei Monate später die Mitglieder mit ins Boot nimmt. Der Mann ist fertig. Persönlich tut er mir ja leid. Jedes Mal, wenn der Schulz vor die Mikrofone tritt, sackt die SPD um 0,5 Prozent ab.
Mit dem wollen Sie koalieren, Frau Merkel? Das ist doch oberpeinlich.

Was soll denn Europa von uns denken? Ich traue mich ja gar nicht mehr, ins Ausland zu verreisen.

Stellen Sie sich mal vor, Martin Schulz wird tatsächlich Finanzminister mit seiner scheinheiligen Vorliebe für Europa. Was glauben Sie, was uns das alles kosten wird? Ich möchte das nicht zu Ende denken, Frau Merkel. Noch ist es nicht ganz zu spät.
Ziehen Sie die Reißleine und organisieren eine Minderheitsregierung. Ich melde mich wieder.

Mit freundlichen Grüßen

Ihr Souverän

Der letzte Strohhalm

Sehr geehrte Frau Bundeskanzlerin,

das kann doch wohl nicht wahr sein! Gestern habe ich Ihnen gesagt, dass, wenn Sie schon auf das Schlimmste aller möglichen Regierungsbündnisse – die GroKo – eingehen, auf keinen Fall, auf gar keinen Fall, das Finanzministerium an die SPD geben.
Und was sehe ich eben im Fernsehen? Die SPD bekommt das Finanzministerium! Ich fasse es nicht. Sagen Sie mal, lesen Sie meine Posts, E-Mails und Briefe immer noch nicht, Frau Merkel? Oder spielen ihre Schreibtischhengste den ganzen Tag Halma und Mau-Mau?

Der einzige Strohhalm, an den ich mich jetzt noch klammere, ist der Mitgliederentscheid der SPD. Leider haben die nicht soviel Arsch in der Hose, die Groko platzen zu lassen, befürchte ich. Tja, was kann ich jetzt noch tun, als Souverän? Ich warte jetzt die nächsten Horrormeldungen ab.

Vor einem halben Jahr hab ich ein kleines Büchlein herausgebracht mit politischen Abkürzungen und neuen Interpretationen. GroKo hatte ich so aufgelöst:

GRAUEN OHNE KONSEQUENZEN.

Das kann man nicht oft genug sagen.
Nun kommen Sie, Frau Merkel. Lachen Sie doch mal.

Morgen ist doch Weiberfastnacht.

Helau

Ihr Souverän

Im Namen der Raute

Wir können noch jünger

Sehr geehrte Frau Bundeskanzlerin,

gibt es heute früh neue Chaosmeldungen aus der SPD-Baracke? Da kommt noch etwas. Der Tag ist ja noch jung. Jetzt brauchen Sie einen neuen Außenminister, Frau Merkel.

Wenn ich die SPD wäre, würde ich den Kevin Kühnert ins Rennen schicken. Der ist zwar gegen die Groko, ja, mein Gott, wer ist das nicht. Mit dem könnten Sie doch Aufbruch machen, der ist so richtig authentisch, Frau Merkel. Dann stellen Sie sich auf den europäischen Berg, machen die Raute und sagen: Schaut her, ihr Franzosen mit eurem Emmanuel Macron und ihr Ösis mit Sebastian Kurz: wir haben Kevin Kühnert. Wir können noch jünger. Das wäre doch die Nachricht des Tages.
Vielleicht überlegt der Siggi es sich doch noch einmal, aber der kann ja nicht mit der Nahles. Oder die Nahles lässt ihre Ämter ruhen und wird Außenministerin. Letztens bin ich dem Müntefering auf dem Bahnhof begegnet. Der wirkte noch ziemlich frisch. In meiner Stadt sind vierzehn Menschen neu in die SPD eingetreten. In meinen Augen sind das Lemminge. Es dauert nicht mehr lange, dann reißt die SPD die 10-Prozent-Marke.

Warten wir mal heute Mittag ab. Mittlerweile glaube ich nicht, dass 2018 eine neue Regierung an den Start gehen wird. Die Sonderparteitage, Mitgliederentscheide geben sich ja nur so die Klinke in die Hand.

Als Souverän bin ich jetzt an dem Punkt, dass mir egal ist, wer regiert, die AfD mal ausgenommen. Irgendetwas Geschäftsunfähiges ist doch immer im Amt.

Mit freundlichen Grüßen

Ihr Souverän

Bürgerverunsicherung

Sehr geehrte Frau Bundeskanzlerin,

da waren Sie in den Koalitionsverhandlungen standhaft, Frau Merkel. Mit uns gibt es keine Bürgerversicherung, haben Sie gesagt.

Das wollte die SPD jedoch unbedingt durchsetzen. Die Roten haben sich dann gedacht, irgendetwas mit Bürger im Namen müssen wir dem Volk zum Fraß hinwerfen.

In der SPD haben sie sich dann auf eine flächendeckende Bürgerverunsicherung geeinigt.

Mit freundlichen Grüßen

Ihr Souverän

Mächtig sabbernde Clique

Sehr geehrte Frau Bundeskanzlerin,

so langsam weiß ich schon nicht mehr, was ich Ihnen als Souverän alles geraten habe, wie Sie Deutschland regieren sollen. Wenn Sie auch nur die Hälfte davon umsetzen würden, steuerten wir auf eine bessere Welt zu. Zum Beispiel, deutlich mehr in Bildung zu investieren, weniger in Rüstung. Die Mutter von sieben Kindern macht unsere Welt auch nicht sicherer, indem sie am zwei Prozent- Ziel des Bruttoinlandproduktes (BIP) festhalten will.

Macht sich aber gut auf der sinnlosen Münchner Sicherheitskonferenz. Nur blöd, dass Gabriel anderer Meinung ist. Die anderen europäischen Länder wissen auch schon nicht mehr, wem sie hier noch ernsthaft zuhören sollen, Frau Merkel.

Gerade höre ich, dass die Bundeswehr für den Winter zu wenig warme Klamotten hat. Das spielt Ihnen doch in die Karten, Frau Merkel. Wenn Sie weiterhin an der Erderwärmung festhalten, brauchen die Soldaten auch keine Steppwesten. Dann ist es an der Front auch im Winter kuschelig warm. Ich vermute ja, dass Frau von der Leyen jetzt noch einmal so richtig Kohle für ihre Chaostruppe lockermacht und sich dann als neue NATO-Generalsekretärin empfehlen wird.

Ja, ja, die Münchner Sicherheitskonferenz. MSC interpretiere ich etwas anders, nämlich mit: Mächtig sabbernde Clique. Sie hätten mich als Souverän doch auch einladen können. Leider habe ich in der Garage keine halbe Drohne herumliegen, die ich medienwirksam in die Kameras halten kann, wie der Netanjahu.

Wissen Sie, wie es um meinen aktuellen Gemütszustand bestellt ist, Frau Merkel? Jeden Morgen wache ich mit einem bangen Gefühl auf, welche Horrormeldungen aus der Zentrale meines Landes mich heute wieder erreichen.

Die letzte war: Heimat-Ministerium! Diesen Schwachsinn will ich jetzt nicht weiter kommentieren. Haben wir doch in Bayern und NRW auch schon. Warum? Weiß niemand.

Ich hoffe nicht, dass mein letzter Hilfeschrei lauten wird: Ich bin ein Narr – holt mich hier raus!

Mit freundlichen Grüßen

Ihr Souverän

Fantasy - Sachbuch

Sehr geehrte Frau Bundeskanzlerin,

sicher wundern Sie sich, dass ich mich zum Inhalt des Koalitionsvertrages noch nicht geäußert habe? Einhundert-siebenundsiebzig Seiten. Liest sich wie ein neues Genre: Fantasy-Sachbuch. Auf den Vertrag komme ich später zurück.

Heute möchte ich Ihnen, Frau Merkel, einen Vorschlag unterbreiten, der versucht, eine Antwort auf die Frage zu geben: Wie kann ich das Volk für Politik interessieren?

Nehmen wir den aktuellen Koalitionsvertrag. Den kann ich einsehen, herunterladen und ausdrucken. Wie viele Bürgerinnen und Bürger werden das tun, Frau Merkel? Ein Prozent vielleicht? Mehr sicher nicht. Und die anderen neunundneunzig Prozent? Die Wahlbeteiligung lag bei rund zweiundsiebzig Prozent. Das heißt, achtundzwanzig Prozent haben auf Politik gar keinen Bock. Doch auch diese achtundzwanzig Prozent müssen irgendwann einmal in die Verwaltung ihrer Orte.

Wo kann ich diese politisch Interessierten und weniger Interessierten am ehesten einfangen, Frau Merkel? Ich sage es Ihnen: In den Rathäusern der Städte und Gemeinden. Dort muss jeder hin und wieder vorstellig werden. Alle Rathäuser drucken ein Exemplar des Koalitionsvertrages aus und legen ihn gut sichtbar aus. Wäre das nicht ein Schritt, mich als Souverän für Politik zu sensibilisieren?

Bei der nächsten Pressekonferenz erklären Sie der versammelten Presse, dass die Bürger ab jetzt an der Politik beteiligt werden. Fügen Sie bitte auch hinzu, dass Sie sich an dem messen lassen, was in dem Vertrag alles so versprochen wird.

Im nächsten Schritt sollten alle Schulen den Koalitionsvertrag erhalten. Politische Bildung wird ja ausgerechnet in unserer parlamentarischen Demokratie ziemlich stiefmütterlich behandelt. Ist das schon zuviel Demokratie, Frau Merkel?

Willy Brandt kann doch nicht der Letzte gewesen sein, der "mehr Demokratie wagen" wollte, oder?

Ihre Meinung interessiert mich, Frau Merkel. Lassen Sie mich nicht schon wieder hängen und schreiben Sie mir.
Meine Adresse haben Sie.

Mit freundlichen Grüßen

Ihr Souverän

PS: Der Koalitionsvertrag braucht einen griffigen, kreativen Namen, finde ich. Aufbruch, Dynamik und Zusammenhalt ist doch so was von ausgelutscht. Nennen Sie diesen Vertrag: Im Namen der Raute.

Wer keinen Plan A hat, hat auch keinen Plan B

Sehr geehrte Frau Bundeskanzlerin,

das Mitgliedervotum der SPD ist beendet. Heute früh lese ich, dass die Abstimmungsbriefe am Samstagabend per Lastwagen von der Post zur SPD-Zentrale gebracht werden. Ich glaube ja, das mit der Digitalisierung war doch nur ein Scherz. Mit dem Lastwagen, hallo?
Wenn heute Abend irgendjemand den Lastwagen klaut, was dann? Dann hätte Steven Spielberg neuen Stoff in Hollywood. Titel: Was haben die SPD und ein Lastwagen gemeinsam: Beide sind völlig ausgebrannt.

Scherz beiseite. Nehmen wir einmal an, der Mitgliederentscheid geht in die Hose, Frau Merkel. Für diesen Fall lässt die SPD verlauten, dass sie keinen Plan B habe. Das glaube ich denen aufs Wort, denn wer keinen Plan A hatte, kann auch keinen Plan B haben.

Jetzt überraschen Sie mich doch ein letztes Mal, Frau Merkel. Egal mit welchen Zahlen die SPD vor die Presse tritt, sagen Sie: Die SPD hat mich lange genug vorgeführt, ich mache jetzt trotzdem eine Minderheitsregierung – Bätschi!

Ich sage Ihnen auch, was das für Sie bedeutet, Frau Merkel. Bei einer Minderheitsregierung dürfen Sie alle Ministerposten besetzen. Das wussten Sie nicht, Frau Merkel. Ich sehe es Ihnen an. Ist das nicht super? Holen Sie doch den Schäuble wieder ins Finanzministerium zurück. Der ist schneller aus seinem Bundestagspräsidentenrollstuhl raus, als Sie denken. Bundestagspräsident kann ja Dobrindt werden. Dann haben wir alle etwas zu lachen. De Maiziere und Gröhe holen Sie auch wieder zurück. Die nehmen ja alles, was man ihnen hinwirft. Den Koalitionsvertrag können Sie eins zu eins übernehmen. Soviel ich weiß, greift bei Koalitionsverträgen das Urheberschutzgesetz nicht.

Zum Schluss eine – ich gebe es zu – steile These von mir: Sobald Deutschland weiß, dass die SPD nicht mitregiert, steigen die wieder in den Umfragen. Kann doch sein, Frau Merkel?

Mit freundlichen Grüßen

Ihr Souverän

Gewehr bei Fuß

Sehr geehrte Frau Bundeskanzlerin,

am 22. Dezember 2017 habe ich versucht, Ihnen die Sinnlosigkeit des Afghanistan-Einsatzes zu erklären. Dass schon einmal beschlossen war, die Bundeswehr zurückzuziehen, davon ist längst keine Rede mehr. Im Gegenteil: Jetzt wird der Einsatz sogar noch verlängert und von 980 auf 1.380 Soldaten aufgestockt. Die Sicherheitslage hat sich nicht verbessert. Jetzt schicken Sie noch mehr hin und dann wird es besser? Ich verstehe das nicht, Frau Merkel.

Warum fahren Sie nicht selbst nach Afghanistan und sprechen mit den Taliban. Fragen Sie die doch mal, was wir tun müssen, damit Frieden am Hindukusch wirklich einkehren könnte. Auf die Antwort wäre ich echt gespannt, Frau Merkel. Sie glauben auch nicht wirklich, dass die sich von 400 zusätzlichen Soldaten erschrecken lassen, oder?

In Mali wollen Sie das Personal auch um 100 aufstocken, auf dann 1.100. Unter Anderem muss ein höherer Aufwand für das Material betrieben werden, wegen des Wüstenklimas. Will die von der Leyen jetzt Kühlschränke in die Wüste schicken, damit sich die Gewehrrohre nicht schon vor dem ersten Schuss verbiegen?

Und im Irak unterstützen wir nun nicht nur die kurdischen Peschmerga-Kämpfer. Auch die Zentralarmee des Irak erhält von uns zusätzlich Hilfe. Wir haben's ja. Der Irak braucht nur zu rufen und schon steht die Bundeswehr Gewehr bei Fuß. Wie man das unter Freunden so macht.

Wie zu hören ist, werden die Maßnahmen im neuen Bundestag nächste Woche Donnerstag durchgewunken.

Mit freundlichen Grüßen

Ihr Souverän

Seite 164 - Bürgerbeteiligung

Sehr geehrte Frau Bundeskanzlerin,

mit Ihnen bin ich jetzt gewissermaßen auf der Ziellinie. Den Koalitionsvertrag habe ich gelesen. Es würde zu weit führen, wenn ich hier auf einzelne Passagen einginge. Deshalb nehme ich einen Punkt auf Seite 164 des Koalitionsvertrages heraus. Der nennt sich:

Bürgerbeteiligung, und dort heißt es weiter...

...wir werden eine Expertenkommission einsetzen, die Vorschläge erarbeiten soll, ob und in welcher Form unsere bewährte parlamentarisch-repräsentative Demokratie durch weitere Elemente der Bürgerbeteiligung und direkter Demokratie ergänzt werden kann. Zudem sollen Vorschläge zur Stärkung demokratischer Prozesse erarbeitet werden.

Was sich bis heute bewährt haben soll, bleibt Ihr Geheimnis. Als Souverän habe ich gewissermaßen die Staatsgewalt ins Parlament delegiert. Was Sie damit als Kanzlerin gemacht haben, ist nicht das, was Großteile des Volkes sich wünschen, glauben Sie es mir, Frau Merkel. Im Gegensatz zu Ihnen, bin ich ganz nah dran am Volk.

Bürgerbeteiligung hört sich gut an, so wie Bürgerversicherung.

Beides sind doch aber nur leere Worthülsen, Frau Merkel. Wieso beschleicht mich eigentlich das Gefühl, dass ich damit ruhig gestellt werden soll? Heute wird der Koalitionsvertrag unterschrieben. An Ihrer Stelle würden mir die Finger zittern.

Seien Sie sicher, dass ich meinen Auftrag auch weiterhin ernst nehme und mich einmische – Seite für Seite.

Mit freundlichen Grüßen

Ihr Souverän

Der Mantel des Souveräns

Sehr geehrte Frau Bundeskanzlerin,

so, heute will ich mich endgültig von Ihnen verabschieden, Frau Merkel. Der Mantel des Souveräns, den ich mir am 15.8.2017 das erste Mal überwarf, hängt bereits am Haken. Ich kapituliere. Sie haben gewonnen.
Achtundsechzig Briefe, achtundsechzig E-Mails und achtundsechzig Facebook-Posts vom 15. August 2017 bis zum 16. März 2018. Sieben Monate habe ich Sie begleitet.

Keine einzige Reaktion von Ihnen, aus Ihrem Kanzleramt, oder aus der Pressestelle ist das mehr als magere Ergebnis. Was habe ich Ihnen alles für eine bessere Politik vorge-schlagen, mit Ihnen geschimpft, Sie, samt Ihrer Entourage, zu mir nach Hause eingeladen. Haben Sie sich für die Ein-ladung bedankt, oder gar abgesagt, Frau Merkel? So sieht es also aus, Ihr Verständnis von Wertschätzung Ihrem Volk gegenüber.

Eine neue Dynamik für Deutschland, ein neuer Zusam-menhalt für unser Land und in Europa soll auch noch irgend-wie aufbrechen. Das alles sind Phrasen und Lippenbekennt-nisse – mehr nicht. Und jetzt regieren Sie mit der SPD – einem politischen Trümmerhaufen. Jetzt geht's also los. Muss man sich in ein neues Aufgabengebiet, in ein neues Ministerium heutzutage nicht mehr einarbeiten, Frau Merkel? Oder sind das allesamt Naturtalente?
Zum Schluss nur ein kleines Beispiel:

Zwei Tage ist Heiko Maas Außenminister und schon warnt er, dass ein Rückzug aus Afghanistan uns teuer zu stehen kommen könne. Ist der noch zu retten? Musste Heiko sich einer Mutprobe stellen?

Und Sie, Frau Merkel? Kein Sterbenswörtchen dazu. Und keiner ist da, der das anprangert? Das ist einfach fatal.

Eine Kommunikation mit Ihnen aufzubauen, hat sich als Rohrkrepierer erwiesen. Die schlechte Nachricht für Sie Frau Merkel, ist: Ich bleibe am Ball. Vielleicht werde ich die Fachministerien direkt beraten. Jetzt werde ich mich aus Ihrem Politikbetrieb erst einmal für eine Weile ausklinken.

Heute früh habe ich ein Musikvideo von Adriano Celentano gesehen. Der Mann ist im Januar 80 geworden. Er sitzt auf einem Stuhl mit einer Gitarre. Nachdem er die ersten Saiten gezupft hat, explodiert der Saal förmlich. Zwei, drei Songzeilen und sein Publikum liegt ihm zu Füßen. Gucken Sie in die Augen der Fans, zu welcher Begeisterung und unbändiger Freude sie fähig sind.
Was glauben Sie, Frau Merkel, müssen Sie tun, damit Ihr Publikum von Ihrer Politik begeistert ist?

Mit freundlichen Grüßen

Ihr Souverän

Bundeskanzlerin
Dr. Angela Merkel
Berlin

Horst Engel
Selbsternannter Souverän
Deutschland

Fiktiver Brief

Sehr geehrter Herr Engel,

für Ihre achtundsechzig Briefe, Facebook-Postings und E-Mails, die Sie mir von August 2017 bis März 2018 geschickt haben, möchte ich mich sehr herzlich bedanken. Das Taschenbuch, welches Sie als gesammeltes Werk unter dem Titel "Post vom Souverän - Kommunikation mit der Kanzlerin" herausgegeben haben, liegt mir jetzt ebenfalls vor. Auch dafür danke ich Ihnen.

Seltsamerweise hat es in unserer Poststelle offenbar ein Problem damit gegeben, wie man ihre Briefe, E-Mails und Social-Media Texte intellektuell ein- und zuordnen sollte. Waren Ihre sogenannten Ratschläge ernst gemeint, kann eine einzelne Person sich als "Souverän" bezeichnen, et cetera.

Wie ich in Ihrem Buch allerdings festgestellt habe, meinen Sie das alles tatsächlich ernst. Dafür, dass Sie erst jetzt von mir hören, möchte ich mich bei Ihnen entschuldigen.

Lieber Herr Engel, ich finde es toll, dass Sie als Bürger soviel Interesse an Politik zeigen und sogar Vorschläge unterbreiten, was geändert werden sollte. Was ich allerdings vermisse ist, dass Ihre Ratschläge wenig faktenbasiert sind. Das politische Geschäft, lieber Herr Engel, ist doch komplizierter, als Sie sich das vielleicht vorstellen. Und ja, dass Sie sich als einzelne Person als "Souverän" bezeichnen ist, wie Sie selbst wissen, nicht ganz richtig, denn als Souverän wird das ganze Volk bezeichnet, so, wie Sie das in der Einleitung ihres Buches richtig beschreiben.

Ihnen und Ihrer Familie wünsche ich alles Gute und bleiben Sie auch in Zukunft an Politik interessiert.

Mit freundlichen Grüßen

Ihre

Angela Merkel

Bundeskanzlerin

Horst Engel
Selbsternannter Souverän
Deutschland

Bundeskanzlerin
Dr. Angela Merkel
Berlin

Fiktive Antwort

Sehr geehrte Frau Bundeskanzlerin,

so oder ähnlich hätte ich mir einen Brief von Ihnen an mich vorstellen können.

Nachdem ein parlamentarischer Geschäftsführer am 16. Mai 2018 sich in einem Brief an Sie, Frau Merkel, seiner sehr geehrten Frau Vorsitzenden, gewandt hatte um zu klären, ob es überhaupt stimmen könne, dass ich achtundsechzig Briefe geschrieben habe und warum ich keine einzige Antwort erhielt, dachte ich tatsächlich, irgendeine Reaktion aus Berlin zu erhalten. Das war ziemlich naiv von mir.

Dass sogar angezweifelt wurde, überhaupt achtundsechzig Briefe geschrieben zu haben und warum ich nicht nachgefragt habe, weshalb die Briefe nicht angekommen sind ist ein Zeichen, dass kritische Briefe, die auch noch einen belehrenden Charakter und mit einer teilweise despektierlichen Weise verfasst sind, vom Staat nicht wahrgenommen werden wollen und weggewischt werden.

In meinem letzten Brief an Sie (16.März 2018, Überschrift: Der Mantel des Souveräns) hatte ich angekündigt, mich vorerst aus der Politik mit Ihnen zurückzuziehen. Das ist jetzt auch schon wieder über ein Jahr her, Frau Merkel.

Die 2. Auflage von Post vom Souverän schicke ich Ihnen nicht. Chance verpasst. Mal sehen, was dann passiert.

Vermutlich steht kurz vor Weihnachten die gnadenlose Europäerin, Frau von der Leyen, mit Annegret Kramp-Karrenbauer im Schlepptau in der Tür. Sie wird sagen: „Lieber Herr Engel, geben Sie nicht auf und schicken Sie weiterhin Briefe nach Berlin. Frau AKK antwortet bestimmt"...

Ich bin auf alles vorbereitet.

Mit freundlichen Grüßen

Ihr

Souverän

HORST ENGEL

geboren am 5. Februar 1950
in Duisburg-Ruhrort;
lebt in Lünen,
Buchautor, Künstler,
Preisträger des ersten,
zweiten und dritten Preises,
Tornisterarbeit in
Deutsch und Mathematik,
Statt-Block Blogger

Veröffentlichungen

Schöner kürzen (2016)
Die Welt der Abkürzungen (2017)
Ich weiß (2017)
Post vom Souverän (2018)
Willkommen im Wörtersee Band 1 (2019)
Willkommen im Wörtersee Band 2 (2019)